아빠는 영웅, 엄마는 정령, 딸인 나는 전생자.

저자 / 마츠우라
일러스트 / keepout

엘렌
주인공. 원소의 정령. 겉모습은 어린아이, 속은 어른(이라고 믿음!).

오리진
엘렌의 어머니. 정령의 여왕. 순수하고 발랄하며 훌륭한 몸매를 가진 절세 미인.

로벨
엘렌의 아버지. 전 영웅. 아내 오리진과 딸 엘렌을 무척 사랑한다.

반
바람의 정령. 빈트의 아들. 태어날 때부터 엘렌과 함께하고 있다.

사우벨 반크라이프트
로벨의 동생. 공작가 반크라이프트가의 당주. 기사단 단장.

라필리아 반크라이프트
사우벨과 아리아 사이에서 태어난 외동딸. 귀족 생활에 적응하지 못한다.

아리아 반크라이프트
사우벨의 후처. 본래 기사단이 이용하는 식당의 딸이자 마스코트였다.

이자벨라 반크라이프트
로벨과 사우벨의 어머니. 엘렌은 「할머님」이라고 부른다.

로렌
반크라이프트가의 실력 좋은 집사. 엘렌은 「할아범」이라고 부른다.

카이
알베르트의 아들. 엘렌의 호위로 임명된다.

라비스엘 랄 텐바르
텐바르 왕국의 속 시커먼 국왕. 로벨을 마음에 들어 한다.

가디엘 랄 텐바르
라비스엘의 아들(장남). 성실하고 언행이 부드럽다.

흄 베른드르
최연소로 궁정 치료사가 되었다. 정령 애슈트와 계약했다.

리리아나
흄의 어머니. 남편을 떠나보낸 후, 살기 위해 학원장과 재혼한다.

아미엘
아기엘의 딸. 아기엘의 단죄 후 어머니와 떨어져 지내고 있다.

인물 소개
character

이 세계를 다스리는 여신은 단 세 명이었다.

셋이서 광대한 세계를 관리하기에는 짐이 너무나도 무겁다며 어머니인 여신은 보좌로 삼을 정령들을 만들어내기로 했다. 그것이 시작이었다.

일렁일렁 흔들리는 힘의 덩어리에 의식을 집중하고 여신은 자신의 힘의 일부를 담아 만들어냈다.

그릇인 몸, 주어진 사명, 각성하는 의식, 성립되어가는 자아.

그것들 전부를 수락한 존재가 생성되어간다. 자아의 자각과 동시에 갓 만들어진 정령의 몸이 꿈틀 움직였다.

갓 태어난 정령이 천천히 눈을 뜨자 눈앞에는 어머니인 여신이 있었다.

신성한 빛을 발하는 여신이 시야에 들어왔고 눈이 부셔 눈을 가늘게 떴다.

『만세~! 내 첫 번째 아이야!』

기뻐하며 그리 말한 여신은 정령을 『아이』라 불렀다.

『네 이름은 ……야. 너는 이 세계의…….』

문득 정령의 의식이 깨어났다. 답답한 방 안은 숨이 막힐 만큼 쇠 냄새로 가득했다.

꿈의 내용이 너무나도 그리워서 무심코 슬쩍 웃었다. 이제 떠올리기도 힘들 만큼 먼 옛날의 일.

이곳에 갇힌 지 몇 년이 지났는지 모른다. 갈 곳을 잃고 정체하는 의식은 꿈속에서만 자유로웠다.

바닥에서부터 벽 한 면에 걸쳐 그려진 구속을 의미하는 마법진. 벽에 고정된 몸. 박힌 말뚝에 마법의 사슬로 묶인 손발.

몸에 꽂힌 무수한 관을 통해 바닥으로 떨어진 혈액이 발밑을 적셨다.

부글부글 끓어오르듯 그 피의 표면에서 붉은 알갱이가 나타났다. 그것은 공중으로 떠올라 방 안을 가득 채우고 어딘가로 사라져갔다.

남은 힘을 짜내어 힘을 순환시켜 몸으로 되돌리려 했다. 그러나 바닥에 그려진 마법진의 영향 때문인지 상당한 이물감에 몸이 그것을 거부했다.

사로잡혀 있는 정령에게는 매우 중요한 역할이 있었다.

여신이 처음으로 만든 정령의 사명은 받은 능력으로 세계를 유지하는 힘을 순환시키는 것.

그것은 세계의 에너지인 『마소』라 불리는 물질을 조종하는 유일무이한 힘.

마소는 언제나 움직이며 정체하지 않는다. 그 움직임이 에너지가 되며 이 세계를 구성한다.

사람과 동물들을 살게 하는 혈액과 마찬가지로 마소도 세계를 순환한다.

피가 정체되면 그 부분부터 괴사하듯이 마소의 움직임이 멈추면 이 세계도 죽어간다.

마소의 정체는 『죽음』을 의미하는 것이나 마찬가지라서 세계를 위해 멈출 수 없었다.

정령의 남은 힘으로는 온 세계를 순환하는 마소를 완벽하게 유지하기 어려웠다. 드문드문 끊기는 의식 속에서 자신에게 남은 거의 모든 힘을 세계를 유지하는 데 집중했다.

그러나 지금의 힘으로는 만족스럽게 전달할 수 없었다. 세상의 어딘가에서는 커다란 영향이 나타나고 있으리라.

그것을 이상하게 여기고 여신이 자신을 찾아주지는 않을까 하는 희망을 품어온 것이 수백 년.

때때로 눈을 뜨지만 그때마다 사로잡힌 채인 정령은 절망했다. 그리고 또다시 눈을 감고 세계로 의식을 순환시켰다.

그래도 희미한 희망을 버리지 못한 채 정령은 꿈속에서 여신의 모습을 찾고 있었다.

다음에 눈을 떴을 때는 어머니 여신이 눈앞에 있어주지 않을까,

하고…….

제20화 사로잡힌 대정령

이러한 상황에도 불구하고 벽에 매달린 정령은 엘렌을 보고 아름답다며 미소 지었다.

여신의 기척을 느끼고 눈을 떠보니 그곳에는 자그마한 여신인 엘렌이 있었다.

기억 속 백금의 머리카락도 붉은 눈도 아니었지만 그리운 생김새와 여신의 기척에 기뻐진 모양이었다.

눈물로 젖은 엘렌의 눈동자가 무지개 같은 광채를 띠면서 색색으로 빛을 발했다.

그것들은 아크에게 있어 그리운 하늘의 색과 수목의 색이었다. 바다와 대지, 마치 세계를 담아둔 것 같은 아름다운 눈동자가 반짝반짝 빛나고 있는 듯도 보였다.

"어째……서, 울지……?"

아크가 겨우 목을 울려 말을 자아냈지만 오랫동안 쓰지 않은 탓에 목소리가 잘 나오지 않았다.

아크는 자신보다도 엘렌을 걱정했다. 그런 정령의 모습을 보고 엘렌은 뚝뚝 떨어지는 눈물을 멈출 수 없었다.

엘렌의 시야는 눈물로 일그러졌고 몸은 떨렸지만 머릿속 한편은 냉정했다. 소리가 나오지는 않아도 「진정해, 진정해」라며 빠끔빠끔

입을 움직여 자신을 타이르고 엘렌은 주변을 살폈다.

성에는 다양한 장치가 되어 있었다. 이 방에도 무언가가 설치되어 있지는 않은지 엘렌이 주변을 살폈다. 방 한쪽의 낡은 책장에 자리한 약병과 책, 낡은 책상에 쌓인 양피지 등이 난잡하게 놓여 있는 것이 눈에 들어왔다.

의식을 치르기 위한 방이라기보다는 실험실 같은 인상을 주는 방이었다. 물건들이 마법진 위에 놓여 있다는 것은 그것들이 나중에 설치되었기 때문이리라.

마법진이 지워질 걱정은 없다는 뜻일까 싶어 벽에 다가가 보니 바닥과 벽 한 면의 문자는 전부 새겨진 것이었다.

그 틈을 메우듯이 검은 숯 같은 것이 채워져 있었다. 그래서 멀리서는 글자로 보였던 것이다.

이 숯 같은 것을 조사해보기 위해 엘렌은 힘을 쓰려 했지만 엘렌의 힘이 발휘될 기미는 전혀 없었다.

엘렌은 초조해하며 벽에 손톱을 세우려 했다. 그러나 손가락은 스르륵 벽을 통과하고 말았다.

엘렌의 얼굴이 더욱 일그러졌고 눈물로 앞이 보이지 않았다.

이런 상황에서 얼마나 오랫동안 구속되어 있었던 것일까.

로벨이 학원에 다니던 때에 이미 주변에 영향이 있었다고 오리진은 말했었다. 그것만으로도 이미 수십 년 전이라는 사실을 깨닫고 엘렌은 북받쳐 오르는 슬픔으로 가슴이 가득해졌다.

엘렌은 정령을 매어둔 사슬로 시선을 보냈다. 자신을 구속한 사슬을 필사적으로 풀려 한다는 사실을 눈치챘는지 정령은 엘렌의 손을 가만히 지켜보고 있었다.

목소리가 닿지 않는다는 것을 알았지만 엘렌은 말하지 않고는 견딜 수 없었다.

'구할 거야! 반드시 구할 거니까! 기다려줘!!'

지금 상태로 힘을 쓸 수 없다면 서둘러 몸으로 돌아가야 한다며 엘렌은 애태웠다.

그러나 돌아갈 방법을 몰랐다. 전이도 할 수 없다. 아버지, 어머니, 하고 불러도 대답은 전혀 들려오지 않았다.

'어떡하면 돼?! 어떡해야 구할 수 있는 거야?!'

혼란에 빠진 엘렌은 몇 번이고 정령에게 닿으려 하다가 그대로 통과한다고 하는 동작을 반복했다.

문득 엘렌의 심장이 두근, 하고 크게 뛰었다.

'으……윽?!'

가슴에서 느껴진 통증에 무심코 신음하며 가슴께를 움켜쥐었다. 자신의 손이 조금 전보다도 더 투명해졌다는 사실을 깨달았다.

"……자그마한, 여신…… 힘, 사라지려, 하고 있어……."

'사라지려 한다고?'

"안, 돼…… 돌아, 가야, 해……."

창백한 얼굴을 하고서도 부드럽게 미소 짓는 정령에게서 힘이 뿜어져 나왔다.

커다란 힘에 튕겨 날아간 엘렌은 자신이 제 몸으로 돌아간다는

것을 알았다. 저런 상태의 정령이 엘렌을 위해 무리하게 힘을 쓴 것이다.

'반드시 구하러 올게……!!'

온 힘을 다해 외치는 엘렌의 눈에서는 눈물이 멈추지 않았다.

*

"……! 엘……! 엘렌!!"

엘렌은 몸이 흔들리고 있다는 것을 알았다. 퍼뜩 정신을 차리니 로벨이 걱정스러운 얼굴로 이쪽을 보고 있었다.

"엘렌, 가위에 눌렸었단다. 괜찮니?"

로벨은 안심한 표정을 지으며 엘렌의 이마에 손을 올리고 열을 재면서 물었다. 땀을 흘렸는지 손수건을 꺼내 이마를 닦아주었다.

걱정스레 내려다보는 로벨의 얼굴을 빤히 바라보며 서서히 의식이 돌아온 것을 실감했다.

그러나 조금 전에 본 광경이 뇌리에 깊게 새겨진 탓에 엘렌은 여전히 혼란에서 벗어나지 못했다.

심장이 두근두근 기분 나쁜 소리를 냈다. 조금 전과 마찬가지로 가슴께를 움켜쥐고 헉헉 목을 울리자 공포가 또다시 단숨에 밀려들었고 눈물이 나왔다.

로벨이 다급히 침대 옆에 걸터앉아 엘렌을 다정하게 끌어안고 등을 쓸어주었다.

"무서운 꿈이라도 꾼 거니? 아버지가 있으니까 이제 괜찮단다."

"……흑."

흐느낌이 터져 나와 아무런 말도 하지 못한 채, 아냐 아냐 하고 고개를 저을 수밖에 없었다.

지금 이 순간에도 그 정령은 갇혀 있다. 엘렌은 서둘러 침대에서 벗어나려 했지만 몸이 휘청 기울어졌다.

"안 돼! 아직 열이 높아. 어서 누우렴!"

그렇게 로벨에게 호통을 들었다. 그 소리에 놀라 으앙 하고 오열하자 로벨이 「아아, 미안」 하고 사과하며 다시 꼭 안아주었다.

땀과 눈물로 얼굴에 달라붙은 머리카락을 쓸어 넘겨주며 로벨은 엘렌의 얼굴을 살피고 눈을 맞추었다.

"엘렌, 진정하렴. 왜 그러니?"

"꿈…… 아, 니……."

훌쩍훌쩍 울음을 삼키면서 어떻게든 전하려고 노력했다. 로벨은 가만히 기다려주었다. 등을 쓸며 진정하라고 달래주었다.

"중앙…… 건물 지하…… 대정령이, 있었어."

엘렌의 말에 로벨은 눈을 크게 부릅떴다.

"봤어…… 남자가 벽에, 매달려, 피를, 피를 뽑히고 있었어……! 그건, 그건……!"

그 붉은 알갱이는 이 성을 순환하고 있었다. 그 알갱이가 여기저기로 흩어진 공간이 무엇인지 지금은 알 수 있었다.

"아주 약해졌는데…… 나를 구하려고……!!"

다시 슬픔이 솟아오르고 눈물이 그렁그렁 차올랐다. 멈추지 않는 눈물을 훔치며 「구해야 해, 얼른 구해야만 해」라고 잠꼬대처럼 중얼거렸다. 로벨은 진정하라고 거듭 말했다.

"엘렌, 열이 내리지 않아서 귀여운 얼굴이 새빨개졌어. 게다가 이미 밤이란다. 사우벨한테 가기로 약속했었지?"

「하지만」 하고 엘렌은 대정령이 신경 쓰여 안절부절못했다.

"엘렌이 무얼 보았는지 다 함께 확인해보기로 하자. 그러니까 오늘은 얌전히 있어주렴. 아직 그게 꿈이었는지, 아니면 정말 본 건지도 확실하지 않잖니?"

로벨이 천천히 달래듯 말했다.

여전히 울고 있는 엘렌은 자신이 본 것이 믿기지 않았다. 하지만 한편으로 진실이라고 확신했다. 그리 호소하려 했으나 로벨은 고개를 저었다.

"약을 먹고, 할머님과 할아범한테 가자. 응? 확인하는 건 내일이야. 알았지?"

"……네."

옳지 옳지 하고 머리를 쓰다듬으며 로벨은 엘렌을 안아서 무릎에 앉혔다. 그러나 약해진 눈물샘에서는 눈물이 멈추지 않았다.

로벨이 눈앞에 있다. 등을 쓸어주는 커다란 손이 아주 따뜻했다.

엘렌은 꿈속에서 목이 쉴 만큼 로벨과 오리진을 불렀다.

그 목소리가 닿지 않았던 절망을 떠올리고 다시 무서워졌다. 눈앞에 있는 존재를 확인하려는 양 로벨의 목에 두 팔을 감고 매달리며 울었다.

세계에서 분리되어 혼자가 되고 만 공포. 그때의 두려움을 드러내듯 엘렌의 몸이 떨렸다.

엘렌이 악몽을 꾼 탓에 겁을 먹은 것이라 여긴 로벨은 엘렌의 관자놀이에 다정하게 입을 맞추고 웅크린 등을 쓰다듬어주었다.

로벨은 엘렌이 깨어났다는 사실을 오리진에게 염화로 전했고 오리진은 진심으로 안심한 기색이었다.

『엘렌이 무사히 돌아와서 다행이야. 당신, 그대로 엘렌을 지켜봐줄래? 학원을 수색하고 있는 정령들에게 소식을 전할게.』

"그래."

『어머님께는 먼저 가 있어줘. 나는 언니들에게 호출을 받아서 조금 늦을 거야.』

"……쌍둥이 여신에게?"

『엘렌에 관한 일이야. 나중에 합류할게.』

"아, 그래."

오리진은 엘렌이 위험하다고 말했었다. 그 일로 호출을 받은 것이 아닐까 하는 안 좋은 예감이 들었지만 지금은 그보다 엘렌이 깨어났다고 하는 안도감으로 가슴이 가득했다.

무언가 안 좋은 일이 있다 해도 오리진이 나중에 가르쳐주리라.

엘렌이 무사하다는 사실에 안심하는 한편으로, 엘렌이 만약 그대로 깨어나지 않았다면…… 하는 공포가 조금씩 덮쳐들어 로벨은 고통스러웠다.

안도라고도 불안이라고도 말할 수 없는 복잡한 마음이 빙글빙글 소용돌이쳐서 머리가 아팠다.

로벨은 염화로 엘렌이 깨어났다는 소식을 반에게도 전했다.

그리고 곧바로 반크라이프트 저택으로 향해야 하니 휴도 데려오라는 말을 전하자 이내 세 사람이 다급하게 방으로 들어왔다.

"엘렌 님……!"

"공주님!"

로벨이 시끄럽게 구는 반과 카이를 노려봤고 두 사람은 흠칫하며 몸을 움츠렸다.

엘렌이 훌쩍훌쩍 울고 있다는 사실을 눈치챈 반과 카이는 대체 어찌 된 일인가 싶어 놀라며 안절부절못했다.

"엘렌 님은 왜 그러시는 겁니까……?"

"끔찍한 꿈을 꾼 모양이다. 하지만 예지몽일지도 모른다. 내일, 엘렌이 말한 상황을 확인해야만 한다."

"예지몽이라고 하셨습니까?"

"너무 빤히 보지 마라! 엘렌이 닳는다."

"아, 네!"

로벨이 노려보자 카이는 허둥지둥 몸을 돌렸다.

"저기, 실례합니다. 엘렌 님은 열이 높으시지요? 필요하시다면 열 내리는 약을 가져오겠습니다."

엘렌은 약초원에서 한 번 쓰러졌었다. 열에 시달린 탓에 눈물샘이 약해져 우는 것이리라 추측한 휴이 그렇게 제안했지만 로벨은 거절했다.

"아니, 엘렌이 만든 약이 있으니 그건 필요 없다. 나중에 정령에게도 진찰을 받을 테니, 괜찮아."

"실례했습니다."

엘렌은 이 나라 제일의 약을 가진 인물이라는 것을 떠올린 휴은 고개를 숙였다.

그러나 치료사의 본성인지 상태가 나빠 보이는 엘렌을 힐끔힐끔 보며 신경을 쓰고 있었다.

"일단 모두 저택으로 돌아간다. 휴, 자네도 함께다. 괜찮겠지?"

"마, 말씀대로 하겠습니다."

세 사람이 동시에 고개를 숙이는 모습을 본 후, 로벨은 엘렌을 안고서 저택으로 전이했다.

*

사우벨의 서재에 갑자기 나타난 로벨 일행의 모습에 사우벨과 로렌은 눈을 크게 뜨며 놀랐다. 평소에는 저택 현관에 나타났던 만큼, 몹시 놀란 모양이었다.

"이제는 형님까지……. 갑자기 머리 위에서 나타나면 놀라니까 제발 그러지 말아달라고 그렇게……."

이 부녀는 정말이지 하고 쓴소리를 이으려던 사우벨은 이내 엘렌이 이상하다는 것을 눈치챘다.

로벨의 품 안에서 새빨개진 얼굴로 흐느끼며 울고 있는 엘렌을 들여다보고는 놀랐다.

"형님? 엘렌은 어떻게 된 겁니까?"

"엘렌 님……?"

걱정하는 사우벨과 로렌에게 로벨은 양해를 구하고 담요를 준비하게 했다.

"엘렌이 힘을 너무 많이 쓴 탓에 열이 났다. 조금 전까지 잠들어 있었는데, 아무래도 악몽을 꾼 모양인지 계속 훌쩍이는군."

"열? 이제 괜찮은 겁니까?"

"아니, 아직이다. 사우벨, 어머님을 모셔 와라."

"설마! 이런 상태인 엘렌에게 이야기를 시킬 셈입니까?!"

"나도 그러기 싫다. 하지만 사태는 일각을 다툰다."

걱정 가득한 로벨의 모습에 사우벨은 말을 삼켰다. 분명 사우벨도 폐하에게서 명이 내려와 움직여야만 하는 상황이었다. 엘렌에게 설명을 듣고 싶은 마음은 굴뚝 같았다.

"알았습니다. 무리는 시키지 않겠습니다. 서둘러 어머님을 모셔 오죠."

"그래. 그리고 로렌. 우선 손님을 리리아나 부인이 있는 곳으로 안내해주게. 걱정하고 있을 테니."

"분부대로 하겠습니다."

이야기를 나누기 전까지 리리아나와 함께 있는 것이 좋겠다며 로벨이 흄에게 말하자, 흄은 기쁨으로 얼굴을 밝히며 「고맙습니다!」 하고 답했다.

반과 카이는 모두가 모일 때까지 별실에서 대기하기로 했다.

모두가 서재에서 나가는 모습을 지켜보고 나니 방에는 로벨과 엘렌만이 남아 있었다.

엘렌을 소파에 눕힌 로벨은 「오리」 하고 오리진을 불렀다.

바로 전이해 나타난 오리진은 엘렌의 얼굴을 보자마자 안심했는지 표정을 풀었다.

"무사히 돌아와서 다행이야."

"……돌아왔다고? 대체 무슨 일인 거야? 설명해줘."

로벨은 엘렌의 영혼이 사라졌다는 말이 잘 이해되지 않았다. 엘렌은 침대에서 잠들어 있었고 악몽을 꾸고 가위에 눌렸다고만 여겼기 때문이다.

그러나 그때 당황하던 오리진의 모습을 떠올리면 막연한 불안만이 남아서 로벨은 도무지 침착할 수가 없었다.

"얘기는 나중이야. 엘렌을 이리 줘."

오리진은 로벨과 자리를 바꾸고 엘렌을 안은 뒤 이마를 살며시 맞대었다.

"……어머, 니……."

시원한 기척에 감싸이며 엘렌의 의식이 맑아졌다.

붉은 기가 돌던 엘렌의 안색이 점점 원래대로 돌아갔다.

너무 울어서 갈라진 엘렌의 목소리에 오리진은 생긋 웃었다.

"이제 괜찮단다. 엘렌도 참. 힘을 너무 쓰면 안 된다고 했잖니?"

오리진의 목소리에 안심하며 졸음을 느꼈다. 갈라진 목소리로 「잘못했어요……」라고 중얼거린 엘렌은 어리광을 부리듯이 오리진에게 몸을 맡겼다.

"잠시 눈을 붙이렴. 다들 모이면 깨워줄게."

오리진의 그 말에 엘렌은 살짝 고개를 끄덕였다.

오리진과 맞댄 이마를 통해 온몸으로 힘이 흘러 들어와 불쾌한 열이 정화되어가는 느낌이 들었다.

그 흐름에 몸을 맡겼다. 둥실둥실 공중에 떠 있는 것 같은 감각이 몸을 감쌌고 요람처럼 엘렌을 흔들었다.

깜빡깜빡 졸기 시작한 엘렌은 조금 전까지의 초조함과 불안까지도 씻겨 나간 것처럼 진정되어갔다. 그리고 어느 순간 그대로 잠에 빠져들었다.

잠시 후 오리진이 엘렌에게서 떨어졌다.

"대체 어떻게 된 거지? 찾고 있었다는 건 무슨 말이야? 나는 엘렌과 쭉 같이 있었는데."

"그게 아냐. 미아가 됐던 건 엘렌의 영혼이야."

"……영혼?"

인간이라면 『영혼』이라는 개념을 막연히 이해하지만 정령에게 『영혼』이란 어떤 것일까.

여전히 잘 모르겠다는 얼굴을 하는 로벨에게 오리진은 설명했다.

"말하자면 본질인 핵 같은 거야. 인간도 정령도, 기본적으로는 영혼이 담긴 그릇일 뿐이지."

"……엘렌의 그게, 미아가 되었었다고?"

"힘을 너무 많이 썼어. 영혼을 몸에 묶어두기 위한 힘이 약해져서 떨어지고 말았던 거야."

"그게…… 떨어진 채였다면?"

"아주 위험했지. 그래서 정령계는 대혼란에 빠졌었어. 언니는 이렇게 되리라는 걸 사전에 보고 알았던 모양이야."

그렇게 말하고 오리진은 한숨을 내쉬었다.

로벨은 망연히 엘렌을 바라보았다. 옆에 있으면서 모르는 새에 엘렌은 죽을 뻔했던 것이다.

게다가 쌍둥이 여신은 사전에 이리되리라는 것을 알고 있었다는 말을 듣고 로벨 안에서 분노가 끓어올랐다.

쌍둥이 여신은 언제나 그랬다. 일어나야 하기에 일어나는 일이라 말하며 아무것도 가르쳐주지 않는다.

"엘렌이 위험한 상황에 처할 거라는 걸 알면서 학원에 오게 했다는 건가?!"

"……언니들은 알고 있었지만, 그리해야만 했다고 말했어. 그리고 당신, 진정해. 엘렌이 깨겠어."

분노를 드러내는 로벨을 오리진이 그렇게 달래자 로벨은 퍼뜩 놀라며 시선을 이리저리 돌렸다.

어떻게든 분노를 억누르기 위해 방 안을 이리저리 왔다 갔다 했지만 좀처럼 진정하지를 못했다. 오리진은 엘렌을 소파에 눕히고 살며시 로벨에게 다가갔다.

"화내지 마…… 우리는 여신이지만 제약을 받고 있어."

"제약?"

"아버지인 세계가 내린 제약이야. 우리도 정령과 마찬가지로 하나의 본질밖에 관장할 수 없어."

"아버지인 세계? 그게 뭐지?"

"분명 언니는 미래를 볼 수 있어. 하지만, 세계에 관한 일은 발설할 수 없어."

"오리……?"

"엘렌도 우리와 마찬가지로 영혼의 제약을 받은 여신. 엘렌에게 일어난 일은 이 세계에 관한 일이야. 그래서 언니는 이렇게 될 거라고 말할 수 없었어……."

"세계를 위해서 엘렌이 이런 일을 당했다는 건가? 엘렌은 아직 어려. 정령이라느니 여신이라느니 하는 건 관계없어. 나와 네 소중한 딸이라고!"

"여보……."

로벨은 엘렌의 곁으로 돌아가 무릎을 꿇고 엘렌을 바라보았다. 조금 전과 달리 편안한 얼굴을 하고 있었다. 로벨은 엘렌의 이마를 살며시 쓰다듬었다.

하고 싶은 말도 묻고 싶은 것도 많았지만 로벨은 눌러 삼키며 참을 수밖에 없었다. 그렇게 머리로는 이해하고 있었다. 그러나 『여신이니까』라며 간단히 납득할 수 있는 일은 아니었다.

로벨 자신도 반크라이프트가의 사람으로서, 이 나라를 지키는 귀족으로서 책무를 짊어지고 사지로 향했던 과거가 있었다.

그보다도 훨씬 무거운 책무를 엘렌이 져야 한다니 받아들일 수 있을 리 없었다.

*

사우벨의 서재에 모인 면면은 사우벨, 이자벨라, 휴, 로벨과 오리진, 그리고 엘렌이었다.

반과 카이도 합류하여 방 한쪽에서 대기하고 있었다.

로렌에게 받은 담요로 몸을 감싼 엘렌은 로벨에게 안겨 있었다.

로벨의 어깨에 머리를 기대고 축 늘어진 엘렌을 보고 놀라 허둥대는 이자벨라를 진정시키며 로벨은 입을 열었다.

"이런 늦은 밤에 모이게 해서 미안하다. 엘렌이 리리아나 부인을 구한 일과 학원에서 발견한 것에 관해 이야기를 하고자 한다."

"로벨, 잠깐. 그 전에 엘렌을 침대에 눕혀야 할 것 같구나!"

"알고 있습니다. 어머님. 하지만……."

"괜찮아요……. 할머님……."

"엘렌!"

"어머니 덕분에, 상당히 회복되었어요……."

"정말이니? 무리를 하면……."

"어서…… 어서 구해야…… 해요."

"엘렌……."

기운이 없기는 했지만 엘렌에게서 강한 의지를 느낀 이자벨라는 입을 닫았다.

엘렌의 귀기 어린 모습에 다른 이들도 상황의 중대함을 안 모양이었다.

"서둘러 끝내고 엘렌을 쉬게 하죠."

로벨의 말에 모두가 고개를 끄덕였다.

"리리아나 부인을 구한 엘렌은 힘을 지나치게 많이 썼다. 그때 본 꿈에서, 학원에 사로잡힌 대정령이 있는 것을 보았다고 한다."

"꿈이라고요……?"

사우벨과 이자벨라가 대체 무슨 이야기냐며 고개를 갸웃거렸다. 그래서 로벨은 설명을 시작했다.

"학원에 가기 전, 오리진이 이상하다고 했던 걸 기억하나?"

"아, 그러고 보니…… 엘렌에게 무언가를 찾아주었으면 한다고 했었지."

이자벨라가 생각났다는 듯이 말하자 사우벨도 기억이 난 모양이었다.

"설마 형수님이 찾아달라고 하셨던 건, 그 대정령이라는 겁니까?"

사우벨이 눈을 크게 뜨며 묻자 로벨은 고개를 끄덕였다.

"그런 모양이다. 엘렌은 학원에 도착하자마자 대정령의 기척이 느껴진다고 말했었지. 하지만 힘이 너무 약해서 어디 있는지 알 수 없다고도 했다. 그래서 엘렌은 희미하게나마 힘이 느껴지는 곳을 점찍어 두고 학원을 조사했다."

"학원에 대정령이……?"

사우벨이 놀라는 것도 무리는 아니었다. 오래전 자신이 다녔던 학원에 대정령이 있었다니 아무도 상상하지 못했을 터다. 처음 들었을 때는 로벨도 마찬가지로 놀랐었다.

"오리의 위화감은 내가 학원에 재적해 있던 때부터였다고 한다. 아마도 지난 수십 년, 혹은 그보다 더 오래되었는지도 모르지. 쌍둥이 여신이 말했다고 한다. 엘렌이 발견할 거라고."

그 말을 듣고 있던 오리진이 「그 아이야」 하고 말했다.

"그 아이?"

의아하다는 표정을 짓는 로벨에게 오리진이 설명했다.

"딱 한 명 있어. 3백 년 정도 전부터 행방불명인 아이가. 줄곧 찾고 있었지만, 수경으로도 보이질 않아서 찾지 못했지. 그래서 보르 언니한테 물었더니 엘렌이 발견할 거라고 했어."

모든 것을 내다보는 보르의 이름이 나오자 로벨은 조금 전의 대화가 떠올랐는지 고통스러운 듯 얼굴을 일그러뜨리고 주먹을 꽉 움켜쥐었다.

분노를 참고 있다는 사실을 눈치챈 오리진은 로벨의 움켜쥔 주먹에 살며시 손을 올렸다.

"……엘렌은 학원 지하에 대정령이 있다고, 도움을 받았다고 했어."

"그 아이는 엘렌의 영혼을 몸으로 되돌려 보낸 거야. 힘이 약해져서 자력으로는 돌아오지 못하는 상태였을 테니까."

그래서 오리진이 다급하게 엘렌을 찾아다녔던 것이다.

그러나 이자벨라들은 사태를 받아들이지 못한 채 고개를 갸우뚱거릴 뿐이었다.

"엘렌은 꿈속에서 학원에 있던 대정령에게 도움을 받았다는 겁니까……?"

"어머나……."

사우벨과 이자벨라가 이상하다는 표정을 지었다. 너무나도 엉뚱하고 상상의 영역을 넘어선 이야기이기 때문이리라.

그러나 로벨과 오리진의 태도로 엘렌이 위험했었다는 사실은 은연중에 깨달았는지 걱정스레 엘렌의 얼굴을 살폈다.

"엘렌은 괜찮은 거니……?"

"내가 조금 전에 봤으니까 이제 괜찮아."

"그렇구나……."

오리진의 대답을 들었어도 여전히 걱정되는지, 이자벨라는 울 것 같은 얼굴이 되었다. 옆에 있던 사우벨이 눈치채고 손수건을 꺼내 이자벨라에게 건넸다.

그런 마음 씀씀이를 보이는 사우벨에게 이자벨라는 조금 놀랐다. 그리고 기뻐하며 손수건을 받아 들었다.

"정령에게 도움을 받은 건은 나중에 엘렌에게 직접 듣기로 하고, 우선은 그쪽부터 이야기를 하기로 할까? 폐하에게서 명이 내려왔을 테지?"

"예. 준비를 마치고 가는 데 이틀 정도 걸릴 겁니다. 결행일은 역시……."

"같은 날로 하지. 소란이 일어 아이들이 구경꾼이 되는 것도 곤란하니."

"그럼 체재 마지막 날입니까?"

"그래, 그 교란은 반에게 명령해놓았다."

"그렇습니까. 하지만 그때까지 리리아나 부인의……."

"잠깐만. 힘이 새어 나오고 있는 그 아이를 그대로 풀어주었다간 학원이 날아갈 거야. 결계가 필요해."

"뭐?!"

오리진의 말에 모두가 놀라며 소리를 질렀다.

그 커다란 목소리에 놀랐는지 엘렌이 신음했다. 모두는 대화를 중단하고 일제히 엘렌을 걱정스레 바라보았다.

아직 조금 기운이 없어 보였지만 엘렌은 몸을 제대로 가누고 있었다. 옆에 있던 오리진이 엘렌의 뺨을 살며시 쓰다듬었다.

눈을 조금 문지르면서 엘렌은 고개를 들었다.

"아버지."

"그래, 괜찮아."

엘렌은 로벨을 꼭 끌어안았다. 걱정을 끼친 것을 깨닫고 면목이 없어진 모양이었다. 엘렌은 「죄송해요」 하고 사과했다.

"이제 무리하면 안 돼."

로벨은 엘렌의 이마를 콕 찔렀다. 찔린 이마를 누르며 엘렌이 주변을 둘러보자, 이자벨라를 비롯한 모두가 안심한 표정을 짓고 있었다.

“깨자마자 미안하다만, 이야기를 할 수 있겠니?”

사우벨의 말에 엘렌은 고개를 끄덕였다.

“네…… 괜찮아요.”

엘렌은 비몽사몽 상태였지만 대화를 다 들었기 때문에 흐름은 알았다.

로벨에게 안긴 채 사태를 떠올리며 머릿속을 전환했다.

그 순간, 엘렌은 매달려 있던 대정령의 모습을 떠올리고 그 생각에 머릿속이 가득해지고 말았다.

갑자기 창백해지는 엘렌을 보고 주변 모두가 놀랐다.

“엘렌, 진정하렴. 그 아이를 찾은 거지?”

“성…… 성의 교회 지하에, 있었어요! 그때처럼, 사슬에 묶여서…… 피를 흘리고 있었어요! 어머니 어서 구해야 해요……!”

“엘렌, 진정해. 그 아이의 피라면 괜찮으니까.”

“……무슨 뜻인가요?”

혼란스러워하는 엘렌의 머리를 오리진은 다정하게 쓰다듬었다.

“이 세계를 관장하며 내가 처음으로 창조한 아이가 있단다. 그 아이의 이름은 아크. 이 세계의 힘을 관장하고, 흐름을 관리하는 정령이지.”

“……아크. 어머니와 생김새가 닮았던 건…….”

“그 아이가 내 첫 아이란다. ……아, 배 아파 낳은 건 엘렌뿐이야!”

로벨에게서 피어오르는 무언의 위압감에 허둥지둥 설명을 추가하는 오리진을 보며 엘렌은 고개를 갸웃거렸다.

오리진이 그 힘으로 정령을 창조하는 행위를 『낳다』라고 표현한 탓에 로벨은 상당히 혼란스러웠던 모양이었다.

오리진의 힘은 비유하자면 『수목(樹木)』이었다.

자신의 힘을 써서 정령을 창조하는 방법은 『꺾꽂이』에 비유할 수 있었고, 고로 초대 정령들은 오리진 자신이라 말해도 과언이 아니었다. 그에 비해 엘렌은 열매에서 태어난 정령이라 할 수 있었다.

그러나 정령으로서, 어머니인 오리진에게서 태어났다고 하는 본질은 달라지지 않는다.

"그럼, 그 사람은 제 오라버니인가요?"

"으음. 계통으로 따지자면 리히트의 형이 되려나?"

그 말을 듣고서 빛의 정령인 리히트와도 닮았다는 사실을 깨달았다.

엘렌은 애정을 담아 「아크 오라버니」라고 중얼거리면서 동시에 그때의 일을 떠올렸다.

서둘러 구하고 싶어서 그 마음이 또다시 눈물이 되어 흘렀다.

"엘렌, 괜찮으니까 울지 말렴. 아크의 상황을 조금 더 자세하게 가르쳐줄래?"

"방 안에 마법진 같은 게 그려져 있었어요……. 그 중앙 벽에 사슬로 묶여 있었고, 팔 같은 데 관이 꽂혀서, 계속 피가 흐르게 되어 있는 모양이었어요. ……그건, 그때 같았어요……."

오리진이라면 이해하리라 여기며 엘렌은 목소리를 낮추어 말했고 오리진은 그것만으로도 전부 눈치챈 모양이었다.

“그게 원인이구나…… 겨우 납득이 됐어.”

이야기의 방향을 알지 못한 채 로벨이 무슨 말이냐며 고개를 갸웃거리자 오리진은 쓴웃음을 지었다.

“아크는 마소(魔素)를 관장하는 정령이야. 2백 년 전과 14년 전…… 이 땅에서 몬스터 템페스트가 일어났던 원인은 아크가 사로잡혔기 때문이었지.”

그 말에 모두가 숨을 삼켰다. 그리고 그게 무슨 뜻이냐며 오리진에게 물었다.

“아크는 언제나 이 세계의 마소를 순환시키지. 마소는 간단히 말하자면 혈액 같은 거야. 심장이 피를 순환시키듯이, 외부에서의 힘이 없으면 그것은 움직임을 멈추고 말아. 아크는 이 세계에 힘을 순환시키는 데 필요한 존재야.”

모두가 조용히 듣고 있었다. 오리진은 말을 이었다.

“아크는 세계를 위해 늘 힘을 써야만 해. 하지만 힘을 빼앗기면…… 그렇게 되면 세계의 순환에 필요한 힘이 부족해서, 마소의 순환이 정체되는 곳이 생기고 마는 거야.”

“……힘이 부족해서 순환할 수 없게 된 마소는 한 곳에 계속 고이게 되고, 이윽고 그곳에 있던 동물들에게 작용하게 된다…….”

“그래. 몬스터 템페스트의 완성이지.”

엘렌의 중얼거림에 정답이라며 오리진이 말했다.

사우벨들은 이야기의 규모가 너무나도 커지자 혼란스러워했다. 그런 중요한 역할을 맡은 대정령이 어째서 학원에 갇혀 있는 것일까.

"정령이 인간에게 잡혀 있던 탓에 몬스터 템페스트가 일어났다고?! 하, 하지만 그런 대정령이 인간 따위에게 간단히 잡힐 리가……?"

사우벨의 의문은 당연했다. 대정령씩이나 되는 자가 간단히 인간에게 잡히리라고는 생각되지 않았다.

"아크는 좀…… 아니, 상당히? 느긋한 성격이거든. 아마도, 인간계 초원 같은 데서 낮잠이라도 자고 있었던 게 아닐까?"

"뭐?"

예상치 못한 답에 오리진 이외의 모두가 눈을 동그랗게 떴다.

"한 번 잠들면 곤란할 정도로 좀처럼 깨질 않아. 수십 년도 잠들어 버리니까…… 그때 인간에게 발견되었다면, 아무래도 정령이라는 사실을 들키겠지?"

"화, 확실히……."

"2백 년 전에 왕가가 어떻게 정령을 구속하는 마법 같은 걸 만들어낼 수 있었는지 의문이었는데, 이걸로 알았어. 아크를 써서 실험했던 거야."

실험이라는 말을 듣고 엘렌은 납득했다. 아크가 잡혀 있던 방에 위화감을 느꼈던 것도 바로 그 이유였다.

"어머니, 기다려주세요. 마소를 다룰 수 있다면, 자신의 마소를 조종해서 방출을 멈추는 것도 가능한가요?"

마소 방출만 멈춘다면 바로 구출할 수 있을 거라고 엘렌이 말했다.

어째서 자력으로 나오지 못하는지, 엘렌이 의문으로 여기는 것도 당연했다. 그러나 오리진은 고개를 가로저었다.

"엘렌. 우리한테는 자신이 관장하는 것이라 해도 제약에 따라 가능한 일과 불가능한 일이 있다는 사실은 알지?"

"네."

엘렌은 원소의 정령이다. 이 세계의 물질에 만능으로 작용한다고 생각하기 쉬운 이 힘은, 실제로는 다양한 제약이 걸려 있다. 무엇이든 가능한 것은 아니다.

게다가 힘을 지나치게 사용하면 이번 엘렌처럼 목숨이 위험해질 수도 있다.

"마소의 순환을 관장하는 아크에게는 흐름을 멈추는 것이 불가능해. 이건 아크 혼자만의 생각으로 마소의 순환을 멈춰버리는 불상사를 막기 위한 거야. 순환을 멈추면 이 세계는 죽어버리지. 이 세계를 위해, 이 제약이 만들어져 있는 거란다."

곤란한 얼굴로 그리 이야기하는 오리진을 보며 모두는 입을 다물 수밖에 없었다.

아크가 도망칠 수 없게 되어버린 경위에 더해 그가 그런 상태로 3백 년 가까이 구속되어 있었다는 사실을 알았다.

순환에 쓸 힘조차 남아 있지 않다고 한다면 대부분은 잠든 채인지도 모른다.

엘렌은 그때의 아크를 떠올렸다. 엘렌에게 살려달라는 말은 한마디도 하지 않고, 어째서 우느냐며 이쪽에 마음을 써주었다.

자신이 구속되어 있는 상황에서 어떻게 그런 말을 할 수 있을까.

왕가가 만들어낸 저주의 안개는 엘렌을 깨달은 순간 그 손을 뻗으며 살려달라고 울부짖었다.

훌쩍이며 우는 엘렌을 오리진이 꼭 안아주었다. 머리와 등을 쓰다듬는 손길을 느끼며 엘렌은 「어서 구해주고 싶어요……」라고 중얼거렸다.

"어머니, 반 군에게 주변에 장치가 설치된 곳을 확인해달라고 했어요. 그걸 부수면 아크 오라버니를 구할 수 있을까요?"

"으음……."

고개를 갸웃거리는 오리진의 모습에 엘렌은 무언가 문제가 있느냐고 묻지 않을 수 없었다.

"엘렌, 그건, 부수지 말아줄래?"

"네……? 하지만……."

"오히려 부수면 구할 수 없게 될지도 모른단다."

"어째서죠?"

"아까 말하려고 했었는데, 아크를 구하려면 준비가 필요해. 억지로 아크에게서 힘을 끌어내고 있다면, 아크 주변은 몬스터 템페스트 일보 직전의 마소 집합소거든."

"아……."

방출하고 있는 장치를 부수면 흐름이 멈추고 혈전이 되어 교회 지하에 단숨에 고인다.

현재 아크 자신에게 흐름을 만들어낼 힘이 남아 있다고는 생각할 수 없다.

아크를 묶어두고 있는 마법진을 무턱대고 부수면 오리진이 가진 막대한 힘과 고농도가 된 마소 탓에 학원은 흔적도 없이 날아가 버릴 것이다.

학원에 있는 많은 아이들이 순식간에 희생된다. 서둘러 구해야만 한다는 마음뿐이던 엘렌은 창백해졌다.

"그 장치는 오히려 망가뜨려서는 안 돼. 그 부분의 대책도 세워야만 한단다."

"알았어요……."

"엘렌. 어째서 풀이 죽은 거니? 대단한 공을 세웠는걸! 아크를 구속할 정도의 마법진쯤 되면 상당한 물건일 테니까 어쩔 수 없단다."

오리진이 그리 말하고 위로했지만 엘렌은 진정할 수 없었다. 지금 당장이라도 구하러 가고 싶은 마음에 답답하기만 했다.

무리를 한 탓에 중요한 순간에 몸도 만족스럽게 움직이지 못한다며, 쓸모가 없는 데도 정도가 있다며 엘렌은 침울해졌다.

"당신, 결행일까지 주변에 단단한 결계를 펼쳐줘."

"알았어."

정령이 표면적으로 모습을 드러내면 큰 소동이 된다. 몰래 성의 교회에 침입할 수밖에 없다.

학원에 잡혀 있는 정령을 구출하려 한다면 그 사실을 아는 누군가가 방해를 하려고 들 가능성도 있었다.

더욱 확실하고 조심스럽게 구해내야 한다고 로벨이 타이른 끝에야 엘렌은 겨우 침착함을 되찾을 수 있었다.

그 꿈을 꾸었던 때와는 달리 지금은 모두가 함께한다고 생각하니 반드시 구해낼 수 있을 거라는 용기가 솟아났다.

"그러니까 그날까지 엘렌은 성에서 쉬어야 해."

"네…… 네?"

단호한 오리진의 말에 엘렌의 머릿속은 새하얘졌다.

"몸 상태를 회복하려면 정령계가 나아. 엘렌은 잠시 성에서 휴식이야."

"그럴 수가……!"

불만 가득한 목소리가 엘렌에게서 튀어나왔다. 아직 학원을 전부 돌아보지도 못했고 가장 흥미 있었던 약초원도 쓰러진 탓에 제대로 보지 못했다.

오리진과 로벨은 싱긋 미소를 짓고 있었지만 그 미소는 무시무시한 압력을 띠고서 엘렌에게 향했다. 주변 사람들도 움찔하고 어깨를 떨며 겁을 먹었다.

그 모습을 눈앞에서 본 엘렌은 히끅 하고 숨을 삼켰다.

"약을 만들 때 그렇게 주의를 줬는데도 약속을 깨고 무리를 한 건 누구였지~?"

"엘렌이지~!"

로벨의 질문에 오리진이 주먹을 휘두르며 활기차게 대답했다.

호흡이 척척 맞는 두 사람의 말에 엘렌은 자업자득인지라 시무

룩하게 풀이 죽었다.

"하지만, 하지만 구해주겠다고 약속했어요! 구하러 갈 때는 반드시 데려가 주세요……!"

엘렌이 눈물을 글썽이면서 필사적으로 힘주어 말하자 로벨과 오리진은 다정한 표정을 짓고 웃었다.

"물론이지. 아크가 있는 곳은 엘렌밖에 모르잖아? 그러니까 그때까지 컨디션을 회복하는 거야. 약속할 수 있지?"

"네!"

그제야 겨우 엘렌의 표정이 슬픔에서 결의로 바뀌었다. 주변 사람들은 눈물을 멈춘 엘렌을 보며 안심하고 가슴을 쓸어내렸다.

"그 부분은 내일 다시 대화를 나누도록 하도록 하지. 다른 이야기지만, 흄과 그 모친에 관해서 상담할 게 있다."

그 말에 엘렌은 언제까지고 울고만 있을 수는 없어서 마음을 다잡은 뒤 로벨의 말에 고개를 끄덕였다.

"학원장은 제 약의 조제법을 알아내기 위해 저를 학원에 입학시키려 했던 거였습니다."

엘렌의 말에 사우벨은 머리를 감싸 쥐었다. 그래서 아무리 거절해도 포기하지 않았던 것이냐며 한숨을 내쉬었다.

"그 조제법을 캐내기 위해 학원장은 흄 군을 보냈습니다. 흄 군은 어머니를 볼모로 잡혀 요구를 들어줄 수밖에 없는 상황이었습니다."

"베른드르라고 듣기는 했지만, 자네 아버지였던 건가."

라필리아의 유괴 사건을 떠올렸는지 사우벨이 씁쓸한 투로 말했다.
그 사실을 알고 생각해보면 그 무렵부터 베른드르는 반크라이프트가의 약을 노려왔다는 의미가 되었다.
"아, 흄 군과 학원장은 혈연관계가 아니에요."
"핏줄이 아니라는 건 그녀는 후처인 건가?"
"그게……?"
그 부분은 어떻게 된 상황일까? 하며 엘렌이 잠자코 흄을 바라보자 흄이 입을 열었다.
"베른드르 부인이 이혼을 거절했기 때문에, 어머니는 그 남자와 정식 혼인은 하지 않았습니다. 서류상으로는 식을 올리지 않은 혼인 관계로 등록되어 있는 모양입니다."
"아, 부인과의 사이에 자녀가 없었던 건가?"
"네."
귀족만이 인정받는 제도였다.
후계자가 될 아이가 없는 경우나 양자를 들일 수단으로서 쌍둥이 여신의 의식을 빠져나갈 다양한 방법이 마련되어 있는 것이다.
"흄 군은 냉대를 받는 어머니를 구하기 위해, 학원장의 말을 따랐던 겁니다. 그래서……."
"그녀를 여기로 데려온 거로구나."
로벨이 말을 이어받아 이야기해주었고 엘렌은 고개를 끄덕였다.
"흄 군은 궁정 치료사 자격을 이미 갖고 있을 만큼 실력이 좋은 분입니다. 하지만, 이대로라면 베른드르는 왕가에 의해 단죄받을 테지요. 그렇게 되면 흄 군도 리리아나 님도 말려들고 말 거예요. 그렇게 생각했기 때문에 흄 군과 거래를 했습니다. 우리 영지에서 일해준다면, 어머님을 구해드리겠다고."

"그랬던 건가……."

사우벨이 이제야 납득이 되었다며 고개를 끄덕였다. 엘렌의 뒤를 이어 로벨이 현재 상황을 설명했다.

"폐하도 흄을 주의 깊게 지켜보고 있다고 했다. 학원에 도착할 때까지는 기다려줄 테지만, 시간이 없다는 건 분명하지. 리리아나 부인의 이혼 절차를 서두르는 편이 좋겠다. 식을 올렸다면 사법국의 조정이 필요했겠지만, 식을 올리지 않은 상태라면 이혼도 쉽다."

"아, 알았습니다…… 어머니께 전하겠습니다."

이대로는 자신과 어머니까지 단죄된다고 들은 흄의 목소리가 떨리고 있었다.

"형님, 폐하의 전언입니다."

"……뭐지?"

싫은 기색을 감추려고도 않는 로벨을 보며 사우벨은 쓴웃음을 지었다.

"아마도 형님의 예감이 맞을 겁니다. 부대 하나 정도는 형님의 전이로 이동할 수 있지 않은지 물어보라는 말을 들었습니다."

"그런 짓을 하느니 베른드르를 직접 끌고 가주지."

"그렇군요……."

그것이 가장 빠르겠다며 사우벨들이 쓴웃음을 지었다.

"어차피 휴식이라는 명목으로, 반쯤 재미 삼아 그 행사에 날짜를 맞춰서 학원에 오고 싶을 뿐일 테지."

"……정답입니다."

짚이는 바가 있었는지 사우벨이 씁쓸하게 웃었다.

"그 녀석은 재미있어 보이는 일에는 바로 참견하려고 들어. 네 결혼식에도 가족 모두를 데리고 들이닥쳤을 정도였으니까. 나는 사법국에도 가야 하고, 이것저것 해야 할 일이 많다. 무리라고 전해라."

"알았습니다."

사우벨은 당시의 일을 떠올리고 머리가 아프다 말하며 한숨을 내쉬었다.

"그래, 흄이라고 했지? 자네한테도 폐하의 전언이 있네."

사우벨이 그러고 보니 하며 흄 쪽으로 고개를 돌렸다.

"네."

또 무슨 일인가 싶은지 흄의 얼굴에 긴장감이 어렸다.

"수속은 마무리해둘 테니 왕궁으로는 돌아오지 않아도 된다, 라고 하시더군. 이대로 우리 영지의 치료사로서 일해줬으면 하는데. 괜찮겠나?"

"아, 그건……."

"돌아가면 시끄러운 녀석들한테 잡힐 거다. 신경 쓰지 마라."

로벨의 말에 흄이 놀란 얼굴을 했다.

왕궁 치료사라는 직함이 있다고는 하나, 갑자기 왕궁 치료사가 반크라이프트령으로 파견된다는 사실에 반대 의견이 나오고 있는 것이리라.

“그리고 미안하지만, 지금의 치료원에는 남는 침상이 없네. 리리아나 부인은 당분간 이 저택에서 요양하는 걸로 해주게.”

“네?!”

영주 저택에서 요양이라니 송구한 일이라며 흄이 고개를 저었지만 흄이 쓸 사택 준비 등에는 이래저래 시간이 걸린다는 말을 듣고 어쩔 수 없이 받아들이기로 했다.

“그렇다면, 신세를 지겠습니다.”

고개를 숙이는 흄을 향해 사우벨은 미소 지어 보였다.

“우리 영지 입장에서 치료사는 몹시 탐나는 존재지. 신경 쓰지 말게.”

“그래. 리리아나 씨의 일이라면 나한테 맡겨두려무나.”

이자벨라까지 상냥하게 그리 말하자 흄은 살짝 눈물을 글썽였다.

뺨을 붉히며 감사하는 그 모습은 제 나이에 걸맞아 보였다.

*

그런 이야기의 흐름에 따라, 엘렌은 오리진과 반과 함께 정령계로 돌아가게 되었다.

아무래도 상당히 지쳤는지 엘렌은 이야기가 정리되어갈 무렵에는 녹초가 되어 늘어져 있었다.

“푹 쉬어야 한다. 나의 공주님.”

로벨이 그렇게 말하며 엘렌의 머리에 입을 맞추었다.

"녜에……."

잠에 겨운 것인지 엘렌의 발음이 어눌해졌다. 로벨은 걱정하며 엘렌을 살피려 했지만 오리진이 「안 돼」라며 로벨을 제지했다.

"이쪽은 괜찮으니까 신경 쓰지 않아도 돼."

"나도 엘렌이랑 같이 돌아가고 싶은데~~!"

로벨은 떼를 썼으나 아직 해야 할 일이 있다는 사실을 알고 있었기에 저택에 남았다.

*

로벨은 사우벨들과 함께 리리아나가 쓰고 있는 객실로 걸음을 옮겼다.

저택의 당주 일행이 줄줄이 방으로 들어오는 모습에 리리아나도 긴장한 모양이었다.

리리아나가 일어서서 인사를 하려 하자 이자벨라가 그냥 있으라며 말렸다.

그리고 조금 전에 나누었던 대화 내용을 그녀에게 알렸다.

이자벨라는 리리아나의 침대 옆에 앉아 리리아나의 손을 잡고 위로했다.

"그렇군요……."

베른드르가 범한 죄와 앞으로 그가 처하게 될 상황을 들은 리리아나는 고개를 숙인 채 작게 중얼거렸다.

사우벨이 마음이 쓰이는 듯이 리리아나를 보았다.

"그 남자를 사랑했다면……."

"아뇨, 그렇지는 않습니다. 제가 사랑한 사람은 흄의 친아버지, 단 한 사람인걸요."

그리 말하며 리리아나는 쓸쓸하게 웃었다.

"게다가 저도 그 사람을 이용했던 몸입니다. 목을 내놓을 각오는 했습니다."

"어머니……!"

당황하는 흄에게 리리아나는 괜찮단다 하고 웃었다.

"그럴 필요 없다. 저쪽은 당신들을 귀족으로 여기지 않을 테니까."

로벨의 신랄한 말투에 리리아나는 눈을 동그랗게 떴다.

"로벨!"

이자벨라가 나무라자 로벨은 어깨를 으쓱였다.

"그런 소인배는 설령 가족으로 받아들였다고 해도, 피가 이어지지 않으면 하찮게 여긴다. 경험해봤을 텐데? 그런 주제에 자신에게 무슨 일이 있으면 제 대신으로 삼거나 길동무로 삼고 싶어 하지. 그런 녀석에게는 현실을 가르쳐주면 된다."

로벨의 말에 짚이는 바가 있는 흄은 떨떠름한 얼굴을 했다.

"너희를 구한 건 자선사업이 아니다. 엘렌이 말하지 않았던가?"

"……아가씨가, 이건 거래라고……."

"그래, 거래다. 이렇게 함으로써 우리에게도 득이 생긴다. 알았으면 일일이 신경 쓰지 마라."

로벨 나름대로의 위로 방식인지도 모른다는 사실을 깨달은 두 사람은 서로 얼굴을 마주 보았다.

"……고맙습니다."

"그리고, 바로 이혼 조정을 했으면 한다. 베른드르와 식은 올리지 않았다고 들었는데, 사실인가?"

사우벨의 말에 리리아나가 고개를 끄덕였다.

"네, 식은 올리지 않았습니다. 그분은 올리고 싶어 한 모양이지만, 부인께서 이혼을 거부하신지라……."

"그런가. 서류뿐이라면 잘된 일이다. 당장 준비하지. 서류는 형님에게 맡기면 되겠습니까?"

"그래."

빠르게 이야기가 진행되는 상황에 리리아나가 당황하며 목소리를 높였다. 그러자 모두가 대화를 멈추고 주목했고 리리아나는 말하기 어려운 기색으로 조심스럽게 입을 열었다.

"그 사람은 역시……."

"구명 탄원이라면 포기해라. 그 남자는 왕가를 적으로 돌렸다. 게다가 정령도."

"정령……?"

"베른드르 일족 전부 단죄받을 거다."

로벨의 말에 리리아나와 흄은 아연실색했다. 학원장이 벌인 일은 그렇게나 큰일이었던 것이다.

*

호화로운 객실에 익숙하지 않은 리리아나는 불편한 기색을 보이면서도 곁에 있어주는 휴의 머리를 쓰다듬었다.

조금 전의 대화 중에 반크라이프트가의 사람들은 모든 일 처리를 자신들에게 맡겨두라고 했다.

놀라고 있는 사이에 차례차례 일은 진행되어갔다. 리리아나와 휴은 끼어들 수 없었다. 그 일들이 자신들의 목숨을 구해주기 위한 행위임을 알았기 때문이었다.

"……뭔가 복잡한 마음이구나."

"어머니도 그래? 실은 나도 그래……."

두 사람은 서로의 얼굴을 바라보았다. 줄곧 둘이서 고생하던 과거가 주마등처럼 되살아났다. 그때 자신들을 구해준 사람이 그 남자였다.

분명 그 남자의 처사를 줄곧 참아야만 했지만 그것도 휴이라는 이유가 있었기 때문이었다. 그것들이 순식간에 사라지고 말았다.

도움을 받았던 은혜와 지금까지의 처사가 교차하며 스쳐 지나갔고 두 사람 안에서 미처 다 소화할 수 없는 무언가로 바뀌어갔다.

"그 사람이 죽었다고 들었던 때랑 똑같아……. 모든 건 한순간에 변해버리지."

리리아나의 말에 휴은 귀를 기울였다.

"사랑했던 건 아냐. 하지만, 감사는 하고 있어. 사람과의 관계란 이렇게도 순식간에 변하는구나……."

"어머니……."

베른드르에게 도움을 받은 사실과 학대받은 기억의 틈바구니에 갇혔다.

무어라 말할 수 없는 기분에 가라앉아 있던 리리아나의 기운을 북돋으려는 듯이 흄이 밝은 목소리로 말을 꺼냈다.

"……이제 과거에 얽매이는 건, 그만두자."

"흄?"

"여기서라면 어머니와 다시 시작할 수 있어. 나는 그렇게 생각해. 나도 홀로서기를 할 거고, 그러니까 어머니……."

흄은 리리아나의 손을 잡고 미소 지었다.

"어머니도 새로운 사람을 찾아. 나는 어머니의 행복을 응원하고 싶어."

"흄?"

"살기 위해 어쩔 수 없이 말고. 아버지를 잊으라고 말할 수는 없지만. 하지만, 이제 그만 됐다고 생각해. 어머니가 새로운 길을 찾아도 아버지는 분명 그걸 응원해줄 거야."

"…………."

"어머니의 자유를 구속해서 미안해……."

"무슨 말을 하는 거니? 너는 나의, 그 사람의 소중한 아이야. 구속이라는 생각 같은 걸 할 리가 없잖아."

"응…… 고마워. 어머니."

흄은 리리아나의 품에 안겨 울었다.

그리고 리리아나는 사랑하는 아들을 자신이 이렇게 구석으로 몰아넣고 말았다는 사실을 알고 울었다.

*

그 후 로벨은 카이와 흄과 함께 학원으로 돌아갔고 엘렌은 오리진과 반과 함께 정령계로 돌아갔다.

고작 이틀밖에 여유가 없었기 때문에 로벨은 서둘러 학원에 결계를 펼치거나, 전이로 사법국에 날아가거나 하는 등 몹시 바쁘게 움직였다.

정령계로 돌아간 오리진과 반은 쓰러지듯 잠든 엘렌 옆에 딱 붙어 있었다.

제21화 영아의 총장

정신을 차리자 엘렌은 침대에서 로벨과 함께 잠들어 있었다. 오리진의 모습은 보이지 않았다.

이야기가 마무리되고 해산했을 무렵의 기억이 흐릿한 것을 보면 아무래도 그대로 잠들어 버린 모양이었다.

눈앞에서 잠들어 있는 로벨의 얼굴을 보고 있으니 문득 어제 일이 떠올랐다.

몸이 반투명해지고 부모님의 이름을 부르며 도움을 구해도 목소리는 닿지 않았다. 몸으로 돌아가려 해도 돌아갈 수 없었다. 그곳에 있는 것은 절망이었다.

그때의 공포가 다시 덮쳐들었고 엘렌은 몸을 부들부들 떨었다.

엘렌은 전생의 기억이 흐려지는 것에 비례하여 옛날처럼 어른답게 대처하는 일이 어려워지고 있다는 사실을 깨달았다.

몸의 나이에 끌려가고 있는 감각이라고 해야 할까. 감정적이 되고 부모가 곁에 없으면 매우 불안하다고 느끼게 되었다.

무슨 일이든 하나하나 온 힘을 다하는 그 감각. 모든 것이 신선하고, 시간의 흐름이 느리고, 그리고 매일이 모험 같은 날들.

시간이 지날수록 점점 옛 기억이 흐릿해져갔다.

덧칠해지듯 옛 기억이 사라지는 것은 아닐까 하는 두려움.

누구에게도 이야기할 수 없기에 더욱, 줄곧 모른 척하던 공포가 그곳에 있었다.

양손 가득 퍼 올린 깨끗한 물을 보여주고 싶어 부모에게 달려가 양손을 내민 순간, 손가락 사이로 새어 나가 물이 거의 남아 있지 않다는 것을 깨달았을 때의 초조함.

어째서 사라지는 거야? 어린 마음에 떠오르는 의문. 그에 답하는 과거의 자신.

그렇게 답해주던 또 한 명의 자신이 점점 멀어져가는 것만 같은, 그런 쓸쓸함.

정서가 불안정한지 소중한 또 한 명의 자신이 사라져버린다는 공포에서 벗어날 수가 없었다.

엘렌은 안심하고 싶어 로벨의 품으로 꼬물꼬물 다가가서는 폭 안겼다.

응석을 부리고 싶던 마음에 로벨의 심장 소리를 들으면 마음이 진정되지 않을까 생각한 것이다.

가만히 로벨의 심장 소리에 귀를 기울이자…… 어째선지 빠르게 울리는 종소리처럼 들렸다.

"……?"

당황하며 로벨의 얼굴을 올려다보니 로벨은 얼굴을 살짝 붉히며 절로 웃음이 지어지려는 것을 필사적으로 참고 있는 이상한 얼굴을 하고 있었다. 입가가 움찔움찔 움직이고 있었다.

잠자코 몸을 떼려 하자 기척을 눈치챈 로벨이 와락 엘렌을 끌어안았다.

"딸이 너무 귀여워서 괴로워……!!"

"……안녕히 주무셨어요. 짓궂은 아버지."

"잘 잤니? 내 귀여운 공주님. 전혀 짓궂지 않은걸. 귀여운 엘렌이 나쁜 거야."

정수리에 입을 맞추고 다시 꽈악 구속했다.

잠시 그 자세 그대로 있다가 슬슬 일어나시죠? 하고 말을 걸자 로벨에게서 안 돼, 라는 목소리가 들려왔다.

"……오늘은 대정령을 구출하기 위한 논의를 하기로 하지 않았던가요?"

"그거라면 이미 끝났단다. 있지, 엘렌이랑 나는 내일까지 이대로 대기야."

"……네? 하지만 체재는 내일모레까지잖아요?"

"아, 그렇구나. 엘렌은 하루 밤낮을 꼬박 잤단다. 하지만 이제 괜찮아. 엘렌이 열심히 해준 덕분이야. 그리고 나도 열심히 했지. 결계 펼치는 거, 엄청 열심히 했거든. 그래서 승부는 내일. 오늘은 내일에 대비해서 몸 상태를 관리하는 날이야."

"하루를 꼬박…… 죄송해요."

신체가 한계를 호소했던 것이리라. 그렇게나 잤으리라고는 생각하지 못했다.

너무 오래 잠들어 있는 엘렌이 걱정된 로벨은 단숨에 결계 펼치기를 마치고 돌아왔던 것이다.

"하지만 오리의 말로는 엘렌의 영혼이 분리되지 않았다면 대정령이 있는 곳은 알아내지 못했을 거라고 하더구나. 그래서 내 마음은 복잡해……."

엘렌을 안은 로벨의 손이 희미하게 떨리고 있다는 사실을 깨달았다. 걱정을 끼쳤다는 사실에 무심코 죄송하다고 중얼거렸다.

"엘렌이 지하에 있는 대정령을 빨리 구하고 싶은 마음은 알아. 하지만 이건 흄 가족의 목숨도 걸린 일이란다. 승부는 거의 동시에 정해질 거야. 그러니까 그때까지는 같이 쉬기로 할까?"

"…………내일은 괜찮은 건가요?"

"괜찮고말고. 내일은 큰 행사가 있으니까."

"행사……?"

"그래. 특정 과에 소속되어 있고 열네 살이라는 나이가 필수지만, 누구나 동경하는 행사지."

"그건 혹시, 아버지가 수업 중에 이야기했던 그건가요?"

"오오! 잘 기억하고 있었구나."

로벨이 기뻐하며 엘렌의 뺨에 뽀뽀했다.

"그게, 내일? 내일인가요? 정령과의 교신이?"

"그래. 폐하가 억지로 날짜를 맞춰서 학원으로 오고 있단다. 두근두근 설레하고 있을 테지."

어쩐지 목적이 뒤바뀐 느낌이라며 엘렌은 쓴웃음을 지었다.

"학원도 그 준비로 아주 바쁘니까, 지금 돌아가면 사람들 눈에

띌 거야. 그러니까 오늘은 특별히 만든 수경으로 침대 위에서 뒹굴뒹굴하며 감상회를 열자!"

로벨은 싱긋 웃었다. 그 말에 엘렌은 어리둥절해하며 눈을 깜빡였다.

"……감상회?"

"후후후. 수경 개량판이지. 엘렌이 놀라는 얼굴을 볼 수 있겠는걸~!"

로벨은 그렇게 말하고 염화로 누군가에게 지시를 내렸다.

잠시 후 시중을 드는 정령들이 서둘러 방 안으로 거대한 거울을 가져왔다. 그 크기는 세로 3미터, 가로 5미터 정도 되었다.

"거울?"

침대 끄트머리 쪽에서 착착 준비가 되어갔다. 그리고 침대에 등을 기대고 앉을 수 있도록 거대한 쿠션이 정령들의 손에 의해 차례차례 쌓여갔다.

그 모습을 잠자코 지켜보고 있는데 백호 모습으로 변한 반이 느릿하게 다가와서는 쌓아둔 쿠션에 머리부터 뛰어들었다.

"으앗~~!"

퉁 하고 반대쪽으로 날아간 쿠션을 잡으려고 정령들이 허둥지둥 흩어졌다.

"반 군, 그러면 안 돼요!"

엘렌이 「이 녀석!」 하고 반을 야단쳤지만 반은 엘렌의 등에 딱 달라붙어 머리를 엘렌에게 비비적거렸다.

엘렌도 이마를 반의 이마에 대고서 반의 목덜미를 쓰다듬었다.

"등받이라면 제가 있습니다."

반은 흥흥 하고 거친 숨을 내쉬면서 침대에 벌렁 드러누워 배를 내보였다.

그렇게 나오면 엘렌은 조건 반사적으로 「폭신폭신~~!」이라고 말하며 복슬복슬한 배에 난 털 속으로 파고드는 것이다.

"정말이지 너는…… 스스로 엘렌의 등받이가 되러 온 거냐?"

로벨이 어이없어했지만 반은 「당연합니다」라고 당당하게 대꾸했다. 엘렌은 그 모습을 보며 웃었다.

"엘렌이 깨어나질 않으니, 반이 걱정하며 안절부절못했단다."

로벨의 말을 듣고 엘렌이 반의 배에 파묻고 있던 고개를 쏙 내밀었다.

"반 군, 미안해."

"기운을 차리신 것 같아 다행입니다."

또다시 둘이서 이마를 콩 맞댔다. 이것은 두 사람이 화해할 때의 신호 같은 행동이었다.

그런 식으로 두 사람이 정다운 시간을 보내는 사이, 갑자기 오리진이 침대 옆으로 전이해 왔다.

"설치는 다 끝난 건가?"

"어머니!"

"엘렌, 깨어났구나. 열은 어떠니?"

오리진은 그리 말하며 엘렌의 이마에 자신의 이마를 살며시 가져다 댔다.

"열은 내린 모양이구나."

엘렌의 머리를 쓰다듬으며 오리진은 안심한 얼굴로 말했다.

"아, 저기……."

"엘렌은 하루 꼬박 잠들어 있었어. 그 사이에 레벤과 클리렌에게 치료를 부탁했단다."

"아…… 고맙습니다."

클리렌은 치료의 정령이고 레벤은 생명을 관장하는 정령이다. 클리렌이 상처와 병을 치료하고 레벤이 소모된 체력을 회복시킨다.

약을 구하기 위해 영지로 사람들이 밀려들었을 때 뒤에서 그 둘이 애써주었었다.

"나중에 감사 인사를 하러 갈까?"

"네. 그런데, 어머니. 이건 대체 뭔가요?"

거울을 가리키며 엘렌이 묻자 오리진은 웃으면서 가르쳐주었다.

"후후후. 이건 말이지, 수경을 개량한 거야."

"수경……?"

수경은 인간계의 풍경을 비추어 보는 것이 가능한 거울이다. 이 발상은 마치 텔레비전이 아닌가 싶어 엘렌은 놀랐다.

"수경보다 기능은 떨어지지만, 살짝 엿보는 정도라면 될 거야."

그리 말하며 오리진도 엘렌이 있는 침대 위로 서둘러 올라갔다.

엘렌의 양옆을 부모가 빈틈없이 채우고 셋은 반에게 기대어 앉아 거울을 들여다보았다. 다음 순간, 놀랍게도 그곳에는 학원이 비쥐지고 있었다.

"와아아!!"

"후후후. 대단하지? 이 아버지가 생각한 거란다! 커다란 거울로 볼 수 있으면 편리하겠다고 말했더니 정령들이 만들어줬지."

"다들 대단해요!"

"아아~ 더 칭찬해주려무나~~."

로벨은 그렇게 말하며 엘렌의 머리에 뺨을 대고 비볐다.

살짝 성가시다고 느끼고 만 엘렌은 로벨의 머리를 영차 하고 밀어서 치웠다.

"아버지 좀 부담스럽게 성가셔요."

"우와! 성가시다는 말 오랜만에 들었어! 그보다, 뭔가 진화한 것 같은데?! 아버지는 부담스럽지 않고 성가시지도 않아~~!"

로벨은 엘렌을 꼭 끌어안았다.

엘렌은 자신을 몹시 오냐오냐 받아주는구나 생각하면서 그만큼 두 사람을 걱정시키고 만 것을 깨닫고 새삼 반성했다.

게다가 몸 상태가 좋지 않아 아무래도 어리광을 부리고 싶어지는 탓인지 지금 이 상황이 아주아주 기뻤다.

흥분을 감추지 못하는 엘렌의 모습에 로벨과 오리진이 얼굴을 마주 보며 키득키득 웃었다.

"엘렌은 학원 약초원을 보고 싶어 했지? 수경만큼의 힘은 없지만, 외부를 보는 정도라면 이 거울로도 충분할 거야."

"정말로요?!"

두근두근 설레는 엘렌에게 「잘 보이게 해줄 테니까 기다려줘」라며 오리진이 몸을 내밀고서 거울을 조절했다.

"어때? 아버지는 엘렌이 보고 싶어 하는 걸 잘 알고 있다고."

에헴 하고 가슴을 펴는 로벨에게 엘렌은 반짝반짝 빛나는 눈빛을 보내고 말했다.

"아버지, 고맙습니다!"

무척이나 기뻤는지 엘렌의 주변이 단숨에 밝아진 듯한 느낌이 들었다.

"애쓴 보람이 있었어……."

엘렌의 웃는 얼굴을 보고 심장을 직격당한 로벨은 시트에 얼굴을 묻고 몸부림쳤다.

*

엘렌이 만족할 때까지 넷이 함께 학원 외부를 구경한 후, 엘렌이 잠들었던 사이에 나누었다는 대화 내용을 로벨이 가르쳐주었다.

내일 학원에서는 1년에 한 번뿐인 매우 중요한 행사가 열리고 그 소란을 틈타서 아크를 구할 계획이라고 했다.

"분명 사람들 눈이 한곳에 모이는 건 편리하겠네요."

"그 사이에 사우벨의 부대가 오기로 되어 있단다. 들킨다고 해도, 사우벨들 쪽으로 시선이 가게 되겠지? 그쪽은 학원장과 그 일당을 체포하기 위해 오는 거란다. 학원을 운영할 대리인도 필요하니, 인원수가 상당할 거야."

"그나저나 움직임이 아주 빠르네요. 이런 일은 위의 지시를 기다리느라 늦어지는 경우가 많을 거라고 생각했어요."

"그만큼 그 녀석이 저지른 일이 심각하기 때문이라고 말하고 싶지만, 실은 전부터 수상한 움직임이 있다며 베른드르를 주시하고 있던 모양이더구나."

"네?"

의외의 전개에 엘렌이 놀랐다.

"뭐, 폐하가 그 정도도 눈치채주지 못하면 곤란하지. 엘렌의 약을 간절히 바란 나머지 베른드르가 멋대로 움직였다는 건 알고 있던 모양이야. 다만 결정적인 증거를 잡는 데 고생하고 있었다 하더구나. 베른드르는 역사가 있는 귀족 가문이니 의혹만으로는 폐하도 대응할 수 없었지. 표면적으로는 정령을 감금하고, 몬스터 템페스트를 일으킨 원흉이라는 명목으로 처벌받을 거다. 2백 년 전이라면 몰라도, 아직 14년 전의 일이니까 말이야. 도망칠 수 없을 테지."

몬스터 템페스트는 아직 사람들의 기억 속에 선명한 사건이다. 많은 사람이 죽었다.

치유할 수 없는 상처의 창끝이 단숨에 학원장에게로 향하게 될 것이다.

"흄 군과 흄 군의 어머니를 구할 수 있어서 다행이에요."

"엘렌은 냄새를 잘 맡아서 정말로 놀랍다니까. 순식간에 상황을 진척시키지. 하지만 몸은 소중히 해야 한다."

"네. 그런데 흄 군의 어머니는……?"

"아, 무사히 이혼을 마쳤단다. 이혼이라고 할까, 전부 무효라는 형태로 만들었을 뿐이지만. 무엇보다 혼인 서류만 처리하면 됐으니까. 간단했지."

찡긋 윙크하는 로벨의 모습에 엘렌은 무심코 「속 시커메……」 하고 중얼거렸다.

"흄 군의 주변은 괜찮을 거라고 치고, 아크 오라버니 쪽은……."

"그쪽도 괜찮아. 만약을 위해 학원 주변은 어제부터 로벨이 애써줬단다. 로벨과 함께 엘렌이 안내해준다면, 우리 영아(靈牙)들도 함께 갈 거야."

"영아, 라고요?"

엘렌이 놀란 얼굴로 되물었다. 그것은 정령성을 지키는 기사 집단이라고 반이 했던 말을 떠올렸다.

"아크가 폭주해버릴 경우를 대비해서 만반의 준비를 해야 해."

"저기~, ……그……."

"왜 그러니?"

"영아란 건, 반 군의……."

"어머, 알고 있었니? 맞아. 반의 어머니란다. 영아의 총장을 맡고 있지. 그녀도 올 거야."

웃는 얼굴로 그리 대답하는 오리진을 엘렌은 물고 늘어졌다.

"반 군의 어머니라는 건……!"

"네? 어머님께 뭔가 문제라도……?"

모두의 등받이가 되어 있던 반이 자신의 어머니가 언급된 순간 부들부들 몸을 떨었다. 뭔가 안 좋은 일이라도 있는지 목소리가 높아졌다.

반의 백호 모습은 어머니를 닮은 것이라고 들은 적이 있었다. 혹시나 하고 엘렌이 흥미진진하게 묻자 옆에서 땅을 기는 듯한 목소리가 울렸다.

"반의 어머니와 만나서 뭘 어쩌려고……? 설마 인사를 하겠다거나 하는 건 아니겠지?"

매우 싫다는 듯이 발언하는 로벨에게 엘렌이 소리쳤다.

"발바닥 젤리 폭신폭신!"

"고, 공주님! 제 발바닥 젤리와 폭신폭신으로는 만족하지 못하고 바람을 피우시겠다는 겁니까?!"

"어?"

"어머님의 발바닥 젤리와 폭신폭신은 아버님의 것이니 안 됩니다!"

"뭐~? 살짝만……."

"안 됩니다!"

"안 될까~?"

양손을 맞대고서 「제발~!」 하고 부탁하는 엘렌을 보며 반이 움찔하고 멈추었다.

"제, 제가 허락해도 어머님은 허락하지 않으실지도 모릅니다."

"응. 알았어. 그때는 포기할게!"

"……."

복잡한 심경의 반에게 엘렌은 빈틈없이 「반 군의 발바닥 젤리와 폭신폭신은 세계 제일이야!」라고 말해 띄워주는 것도 잊지 않았다. 그 말에 기분이 좋아진 반이 흥흥 하고 거친 콧바람을 내쉬었다.

“그럼 바로 불러볼까? 아우! 엘렌이 만나고 싶다는데~ 와줄래~?”

아우? 하고 엘렌이 놀라고 있으려니, 매우 위압감 넘치는 인물이 방 중앙으로 전이해 나타났다.

‘우와아……! 우오오오오오?!’

엘렌의 눈동자가 놀람과 흥분으로 반짝반짝 빛났다.

오리진의 부름에 인간 모습을 하고 나타난 그 정령은 엄청나게 체격이 좋았다.

얼굴은 반과 닮은 요염한 미인이었다. 얼굴을 보면 여성이라는 것을 알 수 있었지만 목부터 아래로 시선을 보내면 보디빌더인가 싶을 만큼 온몸이 근육으로 덮여 있었다.

팔과 다리의 굵기는 엘렌의 몸통 정도는 되어 보였다. 키도 큰 것이 어쩌면 반의 아버지인 빈트보다 키가 클지도 몰랐다.

가슴도 엄청나게 컸는데 「근육……?」이라고 무심코 생각할 정도로 울퉁불퉁했다.

검집에 들어간 커다란 검 한 자루가 등에 메여 있었다. 이쪽도 2미터 정도는 되어 보이는 아주 커다란 검이었다.

머리 모양은 반과 똑같이 삐죽삐죽 뻗은 울프컷으로 뒷머리는 무릎에 닿을 만큼 길었다. 그 머리카락이 마치 호랑이 꼬리처럼 살랑살랑 흔들리고 있었다.

"우와아아아아아아!"

엘렌의 흥분한 마음의 소리가 새어 나왔다. 엘렌과 눈이 마주치자 아우라고 불린 인물은 싱긋 웃었다. 그 눈동자는 반과는 다른 금색을 띠고 있었다.

"오오! 소문의 공주님인가! 쪼그맣네! 나는 아우스톨. 꼬마의 엄마지."

"꼬마?"

"반 말이야~. 아우는 반이 태어났을 때부터 쭉 꼬마라고 부르고 있단다~."

"여왕. 아우라고 부르는 건 이제 그만두라고."

"어머님도 저를 꼬마라고 부르는 건 이제 그만둬 주십시오!"

"시끄러워, 꼬마. 그렇게 불리기 싫으면 냉큼 나보다 커지라고."

"크윽……!"

"아잉~. 정말~ 언제나 차갑다니까~."

아우스톨의 태도에 오리진은 웃었고 반은 엎드린 자세 그대로 얼굴을 시트에 찰싹 붙였다. 기분 탓인지 그 귀와 꼬리가 축 늘어진 것처럼 보였다.

반이 인간으로 변했을 때의 체격은 나이에 걸맞게 보였는데 그 점은 아무래도 아버지를 닮은 모양이었다.

전혀 기를 펴지 못하는 반의 모습에 놀라면서 엘렌은 두근두근하며 인사를 했다.

"에, 엘렌입니다! 처음 뵙겠습니다. 어머니의 딸입니다."

침대에서 내려와 인사를 하려 했지만 「앓고 난 직후니까 안 돼~」 라며 오리진과 로벨에게 제지를 당했다. 아우스톨도 신경 쓸 것 없다며 웃었다.

“어이, 근육. 엘렌을 만지지 마. 엘렌은 연약하다고.”

“아버지! 여성에게 무슨 실례인 말씀을……!”

로벨은 과거의 여러 사건들로 인해 여성을 싫어했다. 그것은 정령도 마찬가지였고 유일하게 마음을 허락한 사람은 어머니인 이자벨라, 오리진, 그리고 엘렌뿐이었다.

“변함없이 과보호네. 꼭 그 녀석 같아. 그나저나, 설마 이렇게 조그마할 줄은 몰랐어. 확실히 내가 만지면 부서질 것 같아. 몸 상태가 안 좋다고 들었는데, 이제 괜찮은 거야?”

“저기, 아버지 대신에 사과드려요. 몸 상태는 여러분들 덕분에 좋아졌습니다!”

“그래, 그렇구나. 그거 잘됐네. 꼬마가 걱정했거든. 그리고, 내가 거친 건 사실이니까 신경 안 써.”

으하하 하고 호쾌하게 웃는 아우스톨의 모습에 엘렌은 놀랐다.

“근육을 근육이라고 한 게 뭐가 나쁜데?”

“아버지! 실례인 말만 하는 입은 막겠어요!”

“웅얼웅얼.”

로벨의 입을 양손으로 막는 엘렌을 보며 아우스톨이 웃었다.

“로벨은 아우한테 상대가 안 되니까, 분해서 견딜 수 없는 거야~.”

“오오리이이!”

엘렌의 양손에 막혀 웅얼웅얼하는 상태로 로벨이 소리쳤다.

흘려넘길 수 없는 말에 엘렌이 반응했다. 로벨이 냉큼 말하지 말라고 했지만 오리진은 개의치 않고 이유를 가르쳐주었다.

"로벨의 결계를 아우가 맨손으로 깨버렸거든~. 이렇게 챙 하고. 참 좋은 소리였지~."

"네……?"

후후후하고 웃는 오리진에게 로벨은 「상대가 안 된다니, 아니야」라고 소리쳤다.

그러나 그런 말을 들은 아우스톨은 정말이라는 듯이 당당했다.

"어느 정도의 일은 주먹 하나로 어떻게든 된다고!"

"어머님…… 머리도 근육이라고 여겨질 것 같으니 그쯤하고 그만두세요."

"바로 그 말대로라고!"

여전히 분한지 로벨이 소리쳤다.

"풋. 분하면 결계를 더 강화하던가."

로벨의 밉살스러운 말을 당당하게 받아치는 아우스톨을 보며 엘렌은 눈을 빛냈다.

"멋있어……!"

얼마나 도량이 넓고 멋진 여성이냐며 엘렌이 가슴 설레하자 그 말을 옆에서 들은 로벨과 반의 표정이 엉망이 되었다.

두 사람은 「근육……?! 근육이 좋은 건가?!」라며 무언가를 중얼거렸다.

바로 그때, 방문이 쾅 소리를 내면서 열렸다. 이번에는 무슨 일인가 하며 모두가 문 쪽을 바라보자 그곳에는 정령계의 재상인 빈트가 숨을 몰아쉬며 서 있었다.

"사랑하는 사람의 기척이 느껴져!"

갑작스러운 빈트의 등장에 놀란 엘렌의 눈이 커졌다.

"칫, 시끄러운 녀석에게 들켰군."

"아우스톨! 정령성에 오면 제일 먼저 제가 있는 곳으로 와주세요!"

"아, 시끄러워 시끄러워. 날려버린다."

"아우스톨……! 이 얼마나 차가운지. 그 점이 좋아!"

한 번도 본 적 없는 빈트의 모습에 엘렌이 입을 떡 벌리자 그 시선을 눈치챈 빈트가 헛기침을 했다.

"아가씨, 이제 상태는 괜찮으십니까?"

"빈트는……."

"왜 그러시지요?"

싱긋하고 만면에 웃음을 짓는, 어디를 어떻게 보아도 지적인 청년 빈트를 보며 엘렌은 「이런 사람이었구나……」 하고 중얼거렸다.

"아버님은 어머님 앞에선 늘 이렇게 되십니다."

반의 한숨 섞인 설명에 엘렌이 쓴웃음을 지었다.

"엘렌에게 다가오지 마. 너희 복슬복슬은 위험해."

차갑게 내쫓으려 하는 로벨의 태도에 아우스톨의 미간에 주름이 잡혔다.

"웃기지 마. 나는 아무 짓도 안 했다고"

아우스톨은 어이없어하며 그렇게 대꾸한 다음「응? 복슬복슬?」하고 고개를 갸웃거렸다.

"아아, 꼬마가 자주 말하던 그건가."

무언가를 떠올렸는지 아우스톨이 양손을 탁 쳤다.

"공주님, 우리 꼬마의 털과 발바닥 젤리를 아주 좋아한다지? 꼬마가 매일같이 정성스럽게 털이랑 발바닥 젤리를 관리하고 있다고."

"네?"

반이 남모르게 엘렌을 위해 그런 일을 하고 있던 것이냐며 놀라자 아우스톨이 짓궂은 장난을 떠올린 표정을 짓고 싱긋 웃었다.

"어머님! 제 노력을 공주님에게 폭로하다니 무슨 짓이십니까!"

화내는 반을 무시하고 아우스톨은「이거야 이거」라고 말한 뒤 짐승의 모습으로 변신했다.

퍼엉, 하는 효과음 같은 환청이 들린 듯한 느낌이 들었다.

아우스톨은 짐승의 모습이 되어 엘렌의 얼굴을 들여다보았다. 짐승 모습으로 변신한 반의 다섯 배는 될 듯한 체구의 백호. 윤기 흐르는 털 결과 내밀어진 커다란 앞발에 엘렌은 못 박힌 듯 굳어졌다. 그 눈은 깜빡이는 것도 잊은 채 아우스톨을 응시하고 있었다.

"오랜만에 보는 아우스톨의 짐승 모습이 아닙니까!"

몰래 아우스톨의 꼬리를 만지려던 빈트가 아우스톨의 꼬리에 기세 좋게 두들겨 맞았다.

얼굴이 털투성이가 되었지만 빈트는 몹시 기뻐했다. 그것을 무시하고 아우스톨은 발바닥을 엘렌에게 보여주며 말했다.

"내 복슬복슬과 발바닥 젤리, 만져볼래?"

분홍색 발바닥 젤리의 크기는 엘렌의 얼굴보다 몇 배나 컸다. 그것을 눈앞에 들이밀자 엘렌이 소리쳤다.

"우와아아아아……!!"

엘렌은 크게 소리를 지르는가 싶더니 그대로 뒤로 비틀하고 쓰러졌다.

"엘렌?!"

"공, 공주님!!"

허둥지둥 로벨이 엘렌을 받쳐 들었다. 엘렌은 잘 익은 사과처럼 새빨간 얼굴을 하고서 어지러워했지만 아주 행복해 보이는 표정을 짓고 있었다.

"어머어머~. 아우의 복슬복슬과 발바닥 젤리의 매력에 당해서 열이 올랐어~."

"어이, 근육! 이제 막 회복한 엘렌에게 무슨 자극을 주는 거냐!!"

"내 털과 발바닥 젤리가…… 어머님에게 졌, 다니……."

수습되지 않는 사태로 발전하고 말자 아우스톨은 머리를 긁적였다.

"아, 그게…… 잘 모르겠지만, 미안."

아우스톨은 드물게도 풀이 죽었고 레벤과 클리렌은 놀라서 달려왔다. 정령성은 언제나처럼 시끌벅적했다.

제22화 라필리아 사건

라필리아가 카이를 사용인이라 칭한 후로 라필리아의 학원 생활은 단숨에 변하고 말았다.

아미엘이라는 성가신 존재가 있기는 했지만 지금까지는 서민 출신인 자들을 중심으로 이야기를 나누는, 친구라고 부를 수 있는 이들이 몇 명은 있었다.

그들이 하룻밤 사이에 믿을 수 없다는 얼굴로 라필리아를 바라보게 되고 말았다.

노골적인 태도를 보이는 아미엘 같은 귀족과 멀리서 험담을 늘어놓는 서민도 줄곧 있었지만 이제는 주변 사람들 전부가 적이 되어버린 것만 같았다.

'대체 뭐야!'

짜증을 내며 교실로 들어가자 한순간 모두가 일제히 이야기를 멈추고 라필리아를 보더니 소곤거리기 시작했다.

평소처럼 인사를 하면 주저주저하는 태도로 작게 대꾸하고 주변에서 멀어져갔다.

무언가를 저질렀다는 것은 알았지만 라필리아는 그것을 인정할 수 없었다.

'카이를 사용인 취급한 탓이야? 호위는 사용인이 아니라는 거

야? 그런 거 몰랐단 말야!'

아미엘에게 귀족으로서의 위치를 모른다는 말을 들었다. 라필리아는 그 말이 걸렸다.

'위치고 뭐고, 나는 귀족이라고!'

애초에 아미엘의 어머니인 아기엘만 없었다면 라필리아는 태어났을 때부터 반크라이프트가의 저택에서 지냈을 터다.

그곳을 맨 처음에 빼앗은 것은 아기엘과 아미엘이었으니 자신에게 잘못이 있을 리 없다며 라필리아는 분개했다.

'애초에, 아미엘 탓에 공부가 힘들어진 거잖아! 내가 아직 모르는 게 많은 건 어쩔 수 없다고!'

태어났을 때부터 귀족으로서 교육을 받은 아미엘과 도중부터 귀족으로서 교육을 받은 라필리아 사이에 차이가 있는 것은 당연하건만, 그것을 주변은 알아주지 않았다.

"어째서…… 나도 노력하고 있는데……."

지금은 반크라이프트의 저택 분위기도 최악이었다.

틀어박혀 술만 마시는 어머니, 괴로운 얼굴을 하고서 한숨을 내쉬는 아버지.

그런 아버지가 어느 날 로렌과 엘렌이 온다고 이자벨라에게 보고하는 것을 들은 적이 있었다.

그때 이자벨라와 모두가 매우 기뻐하며 간식 준비 등을 하는 모습을 보았다.

자신에게 보내는 시선과 엘렌에게 보내는 시선의 차이.

"어째서? 왜? ……모르겠어."

그 마음 불편한 저택을 나와 학원이라는 새로운 곳에서 친구가 생기는가 했더니, 엘렌이 나타난 순간 모두 엘렌에게 푹 빠져 멀어져갔다.

"어째서…… 엘렌만."

어째서 자신만 이런 꼴을 당하는 것이냐며 라필리아는 원망하는 말을 꺼냈다.

자신의 행동 탓에 모두 멀어지고 말았다고 머리로는 이해하고 있었다. 그러나 인정하고 싶지 않았다.

자신은 잘못한 것이 없다고 몇 번이나 자신에게 들려주었다.

눈물이 날 것 같았지만 지금 이곳은 적진 한가운데라서 라필리아는 꾹 눌러 참았다.

'절대 안 울 거야!'

울면 지는 거다. 아미엘은 그걸 노리고 있다.

'그 녀석 얼굴을 떠올렸더니, 바로 열 받네!'

이쪽을 바보로 여기는 태도로 코웃음을 칠 것이다. 절대 지지 않겠다며 라필리아는 주먹을 움켜쥐었다.

*

할 이야기가 있다면서 잘 모르는 숙녀과의 상급생에게 갑자기 뒤뜰로 불려 나간 라필리아는 대체 무슨 용건이냐며 분노했다.

며칠 전부터 큰아버지가 이 학원에 와 있건만 전혀 만나지 못하는 상황에 점점 짜증을 느끼고 있었다.

아리아도 큰아버지가 만나주지 않는다고 한탄했을 정도니 나름대로 각오는 하고 있었다. 하지만 이렇게까지 만나지 못한다는 것은 일부러 피한다는 뜻이리라.

어째서 자신을 피하는 것인지, 라필리아는 그 이유를 알지 못했다. 그렇기에 라필리아는 짜증을 느꼈다.

그러나 나타난 것은 한 무리의 남자였다. 불러낸 그 상급생이 자신을 속인 것이라는 사실을 깨달은 라필리아는 짜증이 나서 참을 수 없었다.

"무슨…… 당신들, 나한테 대체 무슨 용건인데?!"

라필리아의 눈앞에 나타난 이들은 며칠 전 학생 식당에 있던 남자들이었다.

이쪽을 바라보는 시선이 처음에 말을 걸어왔을 때와 전혀 달랐다. 남자들은 수군수군 이야기를 하고 있었지만 그중에서도 중심에 있던 한 명이 무언가를 결심한 듯 라필리아에게 말했다.

"너, 반크라이프트가의 여식이지?"

"맞아. 그래서 뭐? 이런 짓을 해도 괜찮을 것 같아?"

남자들은 나름대로 유복한 집안의 아이들이었다. 기사과에도 소속되어 있었다. 하지만 그래도 역시 서민이었다.

라필리아의 말에 남자들은 주춤했지만 그래도 말하고 싶은 것이 있다면서 라필리아에게 덤벼들었다.

"너, 서민 출신이라며?"

"……맞아."

또 서민 주제에! 같은 말을 하려는 것인가 싶어 짜증이 더욱 치밀었다.

하지만 이 녀석들도 마찬가지가 아니냐고 라필리아가 그런 생각을 한 순간, 예상하지 못했던 말이 날아들었다.

"민폐라고!"

"……뭐?"

"네 탓에, 우리가 큰 피해를 보고 있다고!"

"어, 어째서 내 탓이라는 건데?!"

라필리아는 숙녀과다. 기사과의 남자와 교류 같은 건 가질 수도 없는데, 어째서 피해를 보았다고 주장하는 것인지 이해할 수 없어서 더욱 짜증이 났다.

"네 탓에 귀족들에게 우습게 보이고 있단 말이야! 서민, 서민, 하고! 네가 멍청한 짓을 하고 다닐 때마다!!"

"무슨……."

"반크라이프트가는 기사단 단장을 배출한 집안이고, 우리가 동경하는 대상이라고! 그런데 어째서 너 같은 게 거기 있는 건데?!"

"뭐……?"

"아미엘 님은 네가 서민 출신이라 귀족으로서의 위치를 모른다고 말씀하셨지만, 너 카이 선배한테는 귀족입네 하고 말했잖아. 그것도 기사로서 호위를 맡고 있는 가신을 물건 취급하고! 믿을 수가 없다니까. 네가 그 집안 출신이라니!"

눈앞의 남자가 하는 말의 의미를 라필리아는 이해할 수 없었다.

"네가 서민 출신이라고 해도, 귀족으로서 여기에 있는 거라면 귀족이라고! 귀족답게 굴어!! 우리한테 민폐를 끼치지 마!!"

"그…… 하지만, 나는……."

"하지만? 아아…… 무슨 말을 해도 못 알아듣는 건가? 너, 유명하긴 하지."

"유명하다고?"

"귀족 가문에 들어가자마자 모친이랑 둘이서 마구 제멋대로 굴고 있다지? 공부도 내팽개치고, 가정교사도 계속해서 바꿔댄다며? 메이드에게도 횡포를 부린다는 소문이던데?"

"그게 무슨 말이야?! 다 거짓말이야!!"

"거짓말? 네가 카이 선배를 대하는 태도를 보고 우리는 소문이 사실이라고 생각했는데?"

"……하지만."

"하지만 하지만, 넌 대체 뭐야? 자신의 행동 정도는 책임을 지라고. 그게 위에 서는 귀족이잖아!"

"귀족……."

"그야 공부를 내팽개쳤으니 귀족이 뭔지 모르겠지. 너, 그러면서 용케도 혼이 안 나나 봐?"

남자의 말에 라필리아는 떠올렸다. 늘 사우벨에게 혼났던 일을…….

하지만 반발하며 말을 듣지 않았다. 그래도 괜찮다고 아리아가 말했기 때문이었다.

“어머니가…… 괜찮다고…….”

“뭐어?! 너희 어머니가 귀족의 뭘 아는데? 너희 어머니는 그야말로 우리랑 똑같은 서민이잖아? 아버지가 하는 말을 들으라고!”

“그런…… 하지만…….”

“아, 진짜! 하지만 하지만 하지만!! 너는 그 말밖에 못 하는 거야?!”

격앙된 남자의 태도에 라필리아는 눈물이 날 것 같았다. 어째서 이렇게까지 자신을 탓하는지 이해할 수 없었다.

자신은 어머니의 말대로 했을 뿐인데, 무엇이 나쁜 것인지 알 수 없었다.

아니, 어렴풋이 알 듯도 했다. 지금까지 눈을 돌리고 도망친 탓에 그 책임이 주변의 불만이 되어 단숨에 라필리아에게 쏟아지고 있는 것이다.

“아, 젠장! 아무튼 우리한테 더는 민폐를 끼치지 마!!”

남자들은 그 말을 마지막으로 자리를 떴다.

*

혼자 남겨진 라필리아는 망연자실했다. 남자들은 말했다. 자신 때문에 피해를 보고 있다고.

귀족으로서 여기 있는 것이라면 귀족답게 행동하라고. 귀족다운 행동이란 무엇인가? 하고 자문자답해보려 했으나 라필리아는 알지 못했다.

자신의 행동 탓에 서민이라며 바보 취급 당한다고 그 남자들은 말했다. 그리고 자신도 귀족들에게 바보 취급을 당하고 있다. 서민 주제에라느니, 역시 서민이라느니.

"내가 귀족입네 했다고……? 하지만 나는…… 귀족이잖아?"

의문을 그대로 중얼거리고 있을 때 등 뒤에서 누군가가 다가오는 기척이 느껴졌다. 퍼뜩 놀라며 뒤를 돌아보니 그곳에는 아미엘이 있었다.

오늘은 추종자 무리를 데려오지 않은 모양이었다. 라필리아는 사고를 멈추고 아미엘을 노려보았다.

"여러 남성분들과의 밀회는 끝났나 봐?"

"……뭐?"

"숙녀과에서 숙녀에 관해 배웠을 텐데, 네 머리는 정말로 아무것도 배우질 못하는구나."

"……."

거기까지 듣고서 조금 전 광경을 떠올렸다. 여자 혼자 뒤뜰에서 남자 여러 명에게 둘러싸여 있었다. 그 사실을 겨우 떠올린 라필리아의 얼굴이 새파래졌다.

"바보다 바보다 생각하긴 했지만, 정말 바보구나. 안심해. 이미 소문은 퍼지고 있으니까."

키득키득 웃는 아미엘의 모습에 라필리아는 큰일을 저지르고 말았다고 생각했다.

이것으로 더욱 고립될 거다. 행실 나쁜 여자라며. 아마도 선생님에게 불려가는 상황으로 발전하리라.

"조금 전 답을 가르쳐줄게."

계속해서 키득키득 웃으며 한 아미엘의 그 말에 라필리아는 고개를 갸우뚱했다. 대체 무슨 답을 말하는 것인지?

"너한테는 분명 귀족의 피가 흐를지도 모르지만, 네 태도는 귀족이 아니야. 신분을 이용하며 우쭐대는 서민이 서민을 못살게 굴고 있을 뿐이지. 그게 너야."

"우쭐대는, 서민……?"

"귀족의 의무조차 배우려 하지 않으면서 자신은 귀족이라며 우쭐대고 있는 게 너야. 그건 그저 오만일 뿐이야. 서민들도 귀족들도 기분 나빠 한다는 거, 알고 있어?"

"……."

"네 태도는 서민을 못살게 구는 멍청한 귀족 그 자체야. 게다가 너는 시정 출신. 서민 출신인 주제에 그 마음도 모르다니 정말 최악이지. 우리 귀족들로서는, 그런 불명예스러운 귀족 같은 건 귀족 전체의 이름을 더럽힐 뿐인 존재야. 정말이지 민폐라고."

"…………."

"냉큼 꺼져주지 않을래? 여기엔 네가 있을 곳 따윈 없어."

"……나는."

"아아, 그러고 보니 영지에도 있을 곳이 없다지? 하지만 자업자득이니까 어쩔 수 없지."

아미엘이 후후후 하고 웃은 순간 라필리아는 눈앞이 캄캄해지는 감각에 빠졌다.

사우벨의 말에 반항하며 듣지 않은 탓에 이런 처지가 되리라고는 전혀 생각하지 못했다.

사우벨은 이리될 거라고 예상해서 귀족으로서 라필리아를 엄하게 가르치려 했던 것이다.

하지만 아리아는 귀족이니까 무시해도 괜찮다고 말했었다. 그렇다면 아리아의 그 태도는 대체 어찌 된 것인가.

라필리아는 이제야 겨우 전체적인 그림이 보인 것 같았다. 그리고 저택에서 아리아와 자신이 어째서 고립되었는지도…….

로벨을 대하는 아리아의 이상한 태도. 「가족이 되었으니 가까워지고 싶다」고 말했지만 여성이라면 로벨보다는 우선 이자벨라와 오리진과 가까워지는 것이 자연스러우리라.

분별없이 이자벨라와 오리진을 무시하고 로벨과 친밀해지려 한 행위를 제삼자가 본다면 어찌 생각할까.

아니나 다를까, 로벨 가족은 라필리아와 아리아에게서 철저하게 도망 다녔다. 얽히고 싶지 않기 때문이다.

"그런…… 그런………….”

망연자실한 라필리아는 그 자리에 주저앉았다.

이미 늦었다. 너무 늦게 깨달았다.

새파래진 라필리아를 본 아미엘은 진심으로 유쾌하다는 듯이 웃고 있었다.

제23화 가디엘의 고뇌

라베에게 겸사겸사라는 듯이 보고 받은 내용에 가디엘은 머리를 감싸 쥐었다.

엘렌이 쓰러졌다는 사실만으로도 매우 혼란스러운데, 거기에 라필리아의 문제까지 더해졌다.

"대체 뭐야……."

그러나 왕족인 자신이 라필리아에게 주의를 준다면「왕가의 사람에게 한 소리 들었다」며 라필리아는 한층 더 주눅이 들 터였다.

어쩌면 가디엘이 나선 것을 역이용하여 옛날처럼 라필리아는 자랑을 하고 다닐지도 몰랐다.

이렇게 되면 가디엘은 움직일 수 없었다. 그러나 내용이 내용인만큼, 이대로는 좋지 않다는 생각이 들었다.

"기사과의 여러 학생들과 몰래 만나다니…… 어떻게 된 일인지……."

"재미 삼아 소문을 퍼뜨리는 걸 테지. 민중도 귀족도, 이야깃거리가 되는 소문을 아주 좋아하니까."

그것은 마치 산 제물로 바쳐진 양이나 다름없었다. 그러나 그것은 전부 라필리아 자신이 초래한 일이기도 했다.

"내가 나설 일은 아니지만, 기사과 학생이 어째서 그러한 짓을 했는지는 신경 쓰이는군. 아무리 그래도 한 여성에게 할 일은 아니야."

"아, 그게 식당에서 엘렌 님의 호위인 카이 님에게 사용인이라는 발언을 한 것이 원인인 모양입니다."

라베의 말에 가디엘만이 아니라 그 자리에 있던 모두가 깜짝 놀랐다.

반크라이프트가 사람의 발언이라고는 생각할 수 없었다. 반크라이프트가는 기사의 가계로 부하인 기사들을 정말 귀하게 여겼다.

한솥밥을 먹고, 격 없이 지내며, 대등하게 이야기를 나눈다. 실력을 중시하고 무엇보다 본인들의 노력을 보고 평가해주는 보기 드문 귀족으로 민중들의 인망도 두터웠다.

그렇기에 기사과 학생들이 격노했을 거라고 바로 이해했다.

두통을 느낀 가디엘은 관자놀이를 누르면서 라베에게 물었다.

"……지금, 라필리아는?"

"숙녀과 교사에게 끌려가 기숙사에서 근신 처분을 받았다고 합니다."

"타당하지만, 기사과 학생들도 처벌을 받아야겠지?"

"아~, ……그쪽은 무스켈 교관이 담당하고 있습니다……."

"그것참…… 미안하지만 조금 동정이 가는군."

"어쩔 수 없는 일입니다만…… 그분은 무시무시하죠……."

무스켈이 학생을 다루는 방식을 아는지 라베들도 안색이 창백해졌다.

"이 상황은 아무래도 라필리아가 적에게 당한 거라고 보기는 어렵겠어. 스스로 덫에 빠진 셈이겠지."

"네. 동감입니다."

"하지만 근신 처분이라고 해도, 기숙사 내에서는 자유롭게 다닐 수 있을 테지? 반성실로 보내고, 호위를 여럿 붙이는 게 좋겠어. 엘렌이 쓰러졌으니, 로벨 님들은 엘렌 쪽에 매달리느라 라필리아에게 관심을 둘 수 없을 테니까."

"알았습니다. 그럼 말씀하신 대로 몇 명 수배해두겠습니다."

"부탁하지. 그리고, 흄은 어떻지?"

"그게…… 아무래도 로벨 님들과 함께 행동하고 있는 모양입니다."

"……뭐?"

가디엘은 무언가가 걸렸다.

흄이 학원장의 끄나풀이라고 가정한다면 로벨과 함께 행동할 이유가 없다고 여겼기 때문이었다.

로벨은 의심스러운 자를 엘렌에게 접근시키지 않을 터다.

게다가 엘렌이 쓰러진 상황에서 흄이 카이와 반과 함께 행동하고 있다고 들었다.

"뭐지? 이 위화감은……."

가디엘이 혼잣말을 중얼거렸다. 무언가를 놓치고 있는 느낌이 강하게 들었다.

로벨이 가까이에 두는 자는 절대적인 아군이라 판단한 자들뿐이다. 흄은 아군이라고 판단된 것일까?

"……아군? 혹시 흄은 학원장과 관계가 없는 건가?"

"뭐라고요?"

가디엘의 중얼거림에 라베들이 놀라 목소리를 높였다.

"그래. 어째서 눈치채지 못했는지…… 애초에 학원장과 연결되어 있다면 폐하와 시엘이 경계하라든가 하는 어떤 주의를 주었을 터다. 어째서 흄이 나와 함께 반크라이프트령으로 향했지?"

"……흄 님의 동석은, 폐하의 지시였습니다."

그 말을 들은 가디엘은 확신했다.

"어쩌면, 흄은 이중 첩자였을지도 모른다."

"네……?"

"학원장의 일을 폐하나 로벨 님에게 보고하는 입장일 가능성이 있다. 흄이 학원장에 관한 증거를 잡아 폐하와 로벨 님에게 보고했다고 한다면…… 큰일이다. 로벨 님에게 선수를 빼앗기겠어!"

당황한 가디엘의 예상을 뒷받침하듯이 창에서 「통통」 하고 무언가가 두드리는 소리가 들렸다.

퍼뜩 놀라며 모두가 그곳으로 시선을 돌려보니 창 너머에 전서구가 있었다.

트루크가 서둘러 비둘기의 다리에 묶여 있던 편지를 확인했다. 읽기를 마친 트루크가 험악한 얼굴을 하며 말했다.

"전하의 예상대로였습니다."

"……!"

"내일모레, 폐하와 사우벨의 부대가 학원으로 온다고……."

"행사를 틈타 학원장을 체포할 셈인가……. 증거가 갖춰졌다는 뜻일 테지."

단숨에 힘이 빠진 가디엘은 소파 등받이에 몸을 기댔다.

로벨에게 선수를 빼앗기고 지금까지의 고생이 전부 물거품이 되어버렸다. 시엘의 정보를 쓸모없게 만들고 말았던 것이다.

미간을 좁히며 가디엘은 깊은 한숨을 내쉬었다.

이리저리 뛰어다니던 호위들도 상황을 파악했는지 방 안에는 무거운 분위기가 감돌았다.

"시엘이 말한 대로였어. 어째서 여기에 엘렌이 왔는지, 그 점부터 눈치챘어야 했다. 아니, 그보다도 전에 나는 깨달았어야 했어. 반크라이프트령에, 흄이 동석했던 의미를 찾아야만 했었다……."

그리 말하자마자 가디엘은 소파에서 몸을 일으키고 세 사람을 돌아보았다.

"다들, 마지막으로 정보를 정리한다. 모레가 되면 폐하에게 증거를 넘긴다."

"정리하는 의미가 있는 겁니까? 증거는 이미 다 갖추었다며 내치시는 건 아닐지?"

"폐하는 그럴 분이 아니다. 그분은 누가 어찌 움직일지, 그러한 부분까지 제대로 시야에 넣고 계시는 분이다. 나는 아직 배울 것이 많은 몸. 이것도 그중 하나라고 판단해주실 것이다. 부족한 부분이 있으면 조언을 주실 거야."

"전하……."

엘렌에게 보복을 당하고 텐바르 왕도가 궁지에 빠졌을 때, 동석하겠다고 말한 가디엘을 보며 라비스엘은 아버지의 얼굴을 하고 기뻐했다.

그 얼굴이야 바로 자신의 아버지이자 왕이라고, 가디엘은 그렇게 생각했다.

"그럼 천연덕스러운 얼굴로 증거를 폐하께 드리죠."

"그거 좋군!"

라베의 말에 가디엘은 웃었다.

그러나 후에 베른드르가 체포되는 진짜 이유를 알고 가디엘들은 망연자실하고 만다.

14년 전의 몬스터 템페스트와 2백 년 전에 왕가의 사람들이 저주받고 만 근본 원인에 베른드르 일족이 관여했다는 사실을 알고 왕가의 사람으로서 분노를 느낀 것이다.

그리고 엘렌이 조사하던 내용도 그때 알게 된다.

엘렌이 보고 있던 문제의 거대함에 가디엘은 좌절하고 말았다.

*

왕가 전용으로 마련된 담화실은 현재 학원에 재적 중인 왕족 네 명이 차를 마시면서 독서를 하거나, 서류를 정리하거나 하는 등 각자 자유롭게 지내는 곳이 되어 있었다.

그중에서도 연장자인 가디엘의 모습이 지난 며칠 동안 조금 이상했다. 라스엘과 아미엘은 당황한 시선으로 몇 번이나 서류를 잘못

작성한 가디엘을 곁눈질했다.

"가디엘 오라버니, 무슨 일이신가요?"

평소 모습에서는 상상할 수 없는 침착하지 못한 가디엘을 보며 아미엘이 걱정스러운 기색으로 말을 걸었다.

사촌이기는 했지만 성에서 함께 자란 네 사람은 형제 같은 관계였다.

이들 중 막내인 아미엘은 친밀함을 담아 모두를 오라버니, 언니라고 불렀다.

"오라버니는 지금 학원에 와 있는 영웅의 딸이 신경 쓰여서 어찌할 바를 모르는 거야."

시엘이 키득키득 웃으며 한 말에 아미엘은 놀란 표정을 지었다.

"어머, 가디엘 오라버니도 참……."

"아, 아니다! 나는 그냥 바쁠 뿐이야. 시엘, 너는 무슨 말을 하는 것이냐."

낭패스러워하는 가디엘을 차가운 시선으로 바라보던 라스엘이 흥 하고 불만스러운 투로 말을 내뱉었다.

"그렇죠. 엘렌 님이 형님과는 만나주실지도 모르죠."

비꼬는 말로 쿡쿡 찌르는 동생의 태도에 가디엘은 난처한 얼굴을 했다.

"라스엘, 저기 말이지……."

"어차피 내가 함께 있어도, 엘렌 님은 나 같은 건 모르실 테니까요. 네에, 네에, 정말이지 부럽네요."

"……아니, 나도 만나지 못했거든?"

"거짓말. 지금도 몰래 만나고 있는 거 아닌가요? 반크라이프트령에 갔을 때 만났다고 자랑했었잖아요."

"자랑 같은 거 한 적 없다!"

이전에 폐하의 명령을 받아 반크라이프트로 향했을 때 엘렌과 만나 이야기를 나눈 일을 라스엘에게 들켰었는데, 아직도 그 일을 마음에 품고 있었던 것이다.

그때까지 함께 반크라이프트가로 찾아가고 비석 앞에서 행동을 함께했던지라 배신당했다고 여기는 모양이었다.

임무 중에 우연히 만났던 것은 분명 행운이었다고 생각하지만 지금은 바늘방석처럼 마음이 불편했다.

"라스엘 오라버니도 이상하네요……."

"아미엘, 라스엘도 엘렌 님을 만나고 싶은 거야. 그런데 형이 먼저 만나서 줄곧 삐쳐 있는 거지."

시엘은 키득키득 웃었다. 라스엘은 정곡을 찔렸는지 누님은 잠자코 계세요 하며 부루퉁한 얼굴을 했다.

"라스엘, 하지만 말이야. 엘렌 님과는 만날 수 없단다."

시엘이 지극히 당연하다는 듯이 그리 말하자 라스엘이 굳었다. 어째서 그런 걸 알고 있는 것이냐고 그 눈이 말하고 있었다.

"엘렌 님은 몸 상태가 좋지 않아서 쓰러지셨어. 일단 정령계로 돌아가신 모양이야. 내일 정령 의식만큼은 보여주고 싶다면서, 로벨 님이 학원 견학을 중지하고 지금은 옆에 붙어 간호하고 계신다더라."

자수를 놓는 손을 멈추지 않은 채로 시엘이 태연하게 정보를 이야기하자 라스엘은 덜컹하고 의자를 넘어뜨리며 일어섰다.

침착하지 못한 라스엘의 태도에 놀란 아미엘과 달리 시엘은 무심하기 그지없었다.

"누누누누님! 엘렌 님이 앓아누우셨다는 게 사실입니까?!"

"너, 어떻게 그걸……."

"역시 형님은 알고 계셨잖습니까! 치사합니다. 어째서 나한테 가르쳐주지 않은 겁니까?!"

"라스엘, 진정해. 학원에 견학을 온 손님이 쓰러졌다고 보고받았을 뿐이야. 위문품은 보냈지만, 나도 만나진 않았어!"

"위문품?! 형님 너무합니다! 나도 보내고 싶었는데!!"

"오라버니는 어째서 그렇게 라스엘의 신경을 거스르는 솜씨가 훌륭한 걸까요. 이쯤 되면 일종의 재능이네요."

"너희는 대체 무슨 소리냐?! 내가 나쁘다는 거냐?!"

나도 엘렌과 만나지 못했단 말이다! 라며 적반하장으로 나온 탓에 라스엘과의 말다툼이 시작되었다.

이러한 풍경을 보고 있자면 왕족이니 하는 것은 관계없는 형제들로만 보였다.

그러나 그러한 테두리 안으로 아미엘만이 들어가지 못한 채 덩그러니 남겨진 느낌이 들었다.

시엘은 주변 상황을 신경 쓰지도 않고 천천히 한땀 한땀 자수를 놓고 있었다.

"내일은 더더욱 어찌 될지 몰라. 그것보다 큰 행사가 기다리고 있으니까."

그리 말하며 웃는 시엘을 가디엘은 벌레라도 씹은 듯한 얼굴을 하고 노려보았다.

시엘의 말은 에둘러 「내일은 아주 큰일일 거야」라는 사실을 전하고 있었다. 시엘은 폐하 일행이 온다는 정보를 이미 알고 있는 것이리라.

내일은 폐하와 사우벨, 그리고 그들의 부대가 베른드르를 체포하기 위해 이곳에 온다.

"늘 그렇지만, 누님은 그런 이야기를 어디서 들으시는 겁니까? 나는 언제나 궁금합니다."

"어머나, 누구나 궁금해하는 거잖니. 모두 정보가 필요해서 뛰어다니고 있단다. 그 정도는 취합할 수 있어야지."

올해 열네 살이 되는 왕녀인 시엘은 왕비에게 직접 전수받은 정보 수집 능력으로 학원의 다양한 소문을 파악하고 있었다. 그 뛰어난 능력은 이미 폐하에게도 인정받고 있을 정도였고, 이렇게 때때로 주변의 간담을 서늘하게 했다.

아미엘은 그런 대화를 줄곧 조용히 듣고 있었다. 그 얼굴은 무표정해서 감정을 읽어낼 수 없었다.

"그, 그보다, 이러고 있을 때가 아니지. 나도 뭔가 위문품 같은 걸 보내야겠어!"

"그래. 라스엘도 그러는 게 좋겠다."

"정령계로 돌아가서 안 계신다고 가르쳐줬잖아. 대체 누구에게 전할 건데?"

"그럼 저택으로 보내든지 하겠습니다!"

"어머나 어머나."

폭주하는 동생을 보며 시엘은 재미있다는 듯이 웃었다. 그리고 또다시 신경 쓰이는 말을 던졌다.

"엘렌 님을 신경 쓰는 건 알고 있었지만…… 그 여자는 괜찮은 거야?"

"……여자?"

"예전에 둘이서 자주 찾아갔었잖아? 반크라이프트가의 여자애 말이야. 지금쯤 반성실에 있으려나?"

"반성실?"

시엘의 말에 라스엘이 고개를 갸우뚱거렸고 가디엘은 한숨을 내쉬었다.

그 정도로 라필리아는 일상적으로 문제를 일으킨다고 인식되고 있었다.

"그 멍청한 여자가 이번에는 또 무슨 짓을 저지른 거야?"

라스엘이 신랄한 말을 내뱉자 가디엘이 「라스엘」 하고 나무랐다.

두 사람은 어린 시절 편지를 주고받으며 라필리아와 놀았다. 그러나 정말로 사이가 좋다고 할 수 있었던 것은 처음 1년 정도였다.

점점 그녀의 난폭함이 눈에 띄게 되어 거리를 두었고 편지만 주고받게 되었다.

그러나 지난번의 임무 후에 그 편지조차도 금지 당했다. 왕가의 사람과 편지를 주고받고 있다고 스스로 주변에 떠벌렸고 그것 때문에 유괴되었기 때문이다.

가디엘들은 언젠가 이렇게 되는 것이 아닐까 하는 이야기를 나누었던 적이 있었다. 라필리아에게 주의를 준 적도 있었다. 그러나 그녀는「나는 괜찮아」라며 들은 척도 하지 않았다.

“엘렌 님과는 사촌 자매 사이인데 온도 차가 엄청나네요. 남성분들과 밀회를 했대요. 정말이지, 그 여자는 소문이 끝이 없어요.”

“남성분들과의 밀회……?”

정확한 정보를 알고 있던 가디엘은 만남에서 밀회로 진화하고 만 소문에 이상하다는 듯이 미간을 찌푸렸지만 옆에 있던 라스엘은「싸움이라도 한 건가?」라고 말했다.

가디엘은 속으로「예리하군」하고 감탄했다.

잠시라고는 해도 함께 놀았던 사이이다. 라스엘은 사람의 본질을 간파하는 눈이 상당히 날카로웠다.

“그 여자라면 태연하게 남자들과 싸움 정도는 할 거야. 멍청하니까. 형님! 그보다 위문품 고르는 걸 도와주십시오.”

“뭐? 어째서?”

“나를 따돌렸던 벌입니다!”

“잠깐 기다려, 나는 바쁘다고…….”

“나와는 상관없는 일입니다!”

라스엘에게 떠밀려 가디엘도 방에서 나갔다.

라스엘은 이러니저러니 해도 형을 좋아하는 동생이라 이런저런 이유를 대고서 가디엘과 함께 행동하고 싶어 한다.

엘렌에 관해서도 먼저 앞서나간 것을 화내고 있는 게 아니라 따돌림을 당해서 외로웠다고 하는 심정이리라. 그걸 알고 있는 시엘은 키득키득 웃었다.

담화실에 남겨진 시엘과 아미엘은 그 후 조용히 침묵했다. 그 침묵을 깬 것은 시엘 쪽이었다.

"……신경 쓰이니?"

"언니, 무슨 말이에요?"

"괜찮아. 어차피 정령의 저주로 두 사람은 가까이 가지 못하니까."

한땀 한땀 천천히 바늘을 움직이는 그 손놀림은 우아했지만 아미엘은 무섭다고 느꼈다.

"너도 적당히 하는 게 좋을 거야. 조만간 자신에게로 돌아올 테니까."

키득키득 웃는 시엘의 모습에 아미엘은 어쩐지 자신이 바늘에 찔린 듯한 착각이 들었다.

제24화 우쭐해졌던 마음

엘렌이 일단 정령계로 돌아간 후 카이는 학원에서 대기하라는 명령을 받았다.

학원장을 체포하기까지 앞으로 이틀. 엘렌과 로벨이 없는 사이의 알리바이 공작을 위해 체재 기간 동안 방으로 식사를 운반하는 일을 계속하고 있었다.

식사는 자신의 몫도 포함하여 5인분. 흄에게도 사정을 설명하고 부탁해서 카이와 반을 포함해 셋이 식사를 했다.

반이 3인분을 먹어주는 것이 다행이었다.

내일은 정령 교신이 있는 중요한 날이다. 그날에 맞춰 로벨들은 대정령 구출에 나선다고 하는데 카이는 로벨에게 정령 교신에 참여하라는 명령만을 받았다.

'그때랑 똑같아……. 나만 중요한 순간에 함께하지 못하잖아…….'

반크라이프트령에서 라필리아가 유괴되었을 때도 거의 참여하지 못했다.

엘렌의 옆에 있으면서 도움이 되고 싶건만 전력 외라고 통감하는 한심스러움.

'나한테…… 정령의 힘이 있다면 곁에서 지킬 수 있을 텐데.'

기사과 수업 중 카이는 들고 있던 검 자루를 꽉 움켜쥐었다.

무스켈 교관의 노호가 울려 퍼지는 훈련장에서 카이는 일심불란하게 검을 휘둘렀다.

*

정해진 시각에 카이가 방으로 향하자 기분 나쁜 얼굴을 한 반이 있었다.

"……그 얼굴은 뭡니까?"

"내 얼굴이 뭐 어떻다는 거냐?"

흥 하고 기분이 나쁘다는 걸 감추지 않은 반은 방에 마련된 소파에 풀썩 앉았다.

먼저 온 흄에게 시선을 보내자 마찬가지로 곤혹스러운 얼굴을 한 흄은「글쎄요?」하고 어깨를 으쓱였다.

기분이 안 좋아 보이는 반의 모습은 마치 조금 전 훈련장에 있던 자신을 객관적으로 보여주는 것만 같았다.

무심코 시선을 피하면서「식사를 가져오겠습니다」라고 말한 뒤 방을 나서려 하자, 반이「기다려」라며 제지했다.

"왜 그러시죠?"

"평소 양으로는 부족해. 더 가져와."

"……네?"

"나는 배가 고프다!"

화를 내며 반이 그리 말했고 카이와 흄은 당황했다.

"네에. 일단 평소의……."

"두 배다!"

"네……?"

6인분……? 하고 생각하면서도 카이는 우선 고개를 끄덕였다.

아무래도 6인분쯤 되면 양이 아주 많아질 수밖에 없다.

학원의 학생 식당 직원에게 「제가 가져갈 겁니다」라고 말한 뒤 인원수에 맞춰 다른 그릇에 담아 받았다.

음식들을 왜건에 싣고 운반하기 위해 왜건 손잡이를 잡은 순간 통증이 느껴졌다.

"……윽!"

카이는 무심코 자신의 손바닥을 보았다. 검을 힘에 내맡기고 휘두른 탓에 손은 물집이 터지고 엉망이 되어 있었다.

물집이 잡히는 것은 오랜만이었다. 어릴 때부터 잡았던 검 자루에 익숙해진 손은 살갗이 두꺼워지고 굳은살이 박여 있었기 때문이다.

손의 상처를 깨닫고 난 후에야 지나친 연습으로 몸 전체가 욱신욱신하며 근육통이 느껴진다는 사실을 깨달았다.

하루아침에 어찌 될 일이 아니라는 것을 머리로는 이해하고 있건만 몸은 정직하게 호소하고 있었던 것이다.

조바심을 자신의 몸으로 풀려 하다니 기사가 할 만한 일이 아니었다.

주인의 명령에 언제든 따를 수 있도록 만반의 몸 상태를 갖춰두는 것도 기사의 의무이다.

카이는 한숨을 한 번 내쉬고 왜건을 밀어서 방으로 식사를 운반했다.

*

어제부터 카이와 반과 흄 세 사람은 함께 식사를 했다.

그리고 흄은 식사 때면 언제나 애슈트를 불러내 함께 밥을 나눠먹는다는 것을 알았다.

애슈트 용으로 1인분을 따로 준비할까요? 하고 물었더니 애슈트도 엘렌과 마찬가지로 많이 먹지 않는다고 가르쳐주었다.

애슈트는 작은 토끼이고 반은 커다란 백호 정령이다.

몸집 때문에 반이 특별히 잘 먹는 것인지도 모르지만 오늘 식사를 하는 모습은 이상할 정도였다.

반이 거칠게 포크와 나이프를 다루는 소리가 방 안에 울렸다.

애슈트가 흄이 먹여주는 걸 조금씩 먹고 있는 모습과는 대조적이었다.

"더 줘."

카이를 향해서 빈 접시를 내민 반은 숲의 작은 동물처럼 볼록해진 뺨을 우물거리며 말했다.

그런 모습은 애슈트와 비슷하건만 어째서 이런 무례한 대우를 받는 것인지 카이 안에서 불만이 생겨났다.

눈앞에는 대정령이 있다. 카이는 분명 같은 학원의 다른 학생들에 비해 은혜를 받은 입장인데, 그것은 은혜와는 너무나도 거리가 멀었다.

조금은 자신을 인정해줘도 좋지 않으냐고 하는 생각이 자꾸만 들었다.

"하아."

반의 태도와 애슈트의 태도를 비교하다가 무심코 한숨을 내쉬며 먹고 있는 손을 멈추고 접시를 받아 들었다.

"……뭐냐?"

"그건 제가 할 대사입니다. 대체 왜 그러십니까?"

"흥!"

부루퉁한 표정을 짓고 접시를 받아 든 반은 식사를 계속했다.

그 모습에 카이와 흄은 서로 얼굴을 마주 보며 고개를 갸웃거렸다.

『애슈는 알아!』

갑자기 애슈트가 킁킁 코를 울리더니 에헴 하고 가슴을 폈다.

『이 녀석 꼬마라고 불려!』

"풉!"

예상치 못한 애슈트의 말에 반이 뿜었다. 그대로 사레가 들려 쿨럭거렸다.

"……꼬마?"

카이와 흄이 한목소리로 말한 그 단어를 들은 반이 소리를 질렀다.

“나는 꼬마가 아니다!!”

『거짓말쟁이~ 애슈는 아는걸!』

“거짓말이 아냐!”

크르르 하고 송곳니를 드러내며 애슈트를 위협하는 반의 태도를 본 카이가 훗 하고 웃었다.

“설마 꼬마라는 말을 들었다고 잔뜩 먹고 있는 겁니까? 당신이야말로 애슈트를 꼬맹이라고 부르지 않았습니까?”

“……크윽! 나는 아니다! 이 녀석이야말로 꼬맹이다!”

반의 귀와 꼬리가 뿅! 하고 튀어나왔다.

그 모습을 본 자들은 「진짜냐?」 하고 마음속으로 생각했다.

카이와 흄의 시선에 속내를 들켰다는 사실을 깨달은 반이 반격에 나섰다.

“내, 내가 꼬마라면 너는 완전 꼬맹이다!”

그 말을 들은 애슈트는 쿠궁! 하고 충격을 받은 얼굴을 했다.

『애슈 완전 꼬맹이 아니야!』

위협 행위인지 애슈트가 다리를 동동 굴러 기세 좋게 테이블을 두드렸다.

귀를 쫑긋 세우고 흥분해서 『우우!』 하고 큰 소리를 내고 있었다.

“애슈트 진정해. 그렇게 화내면 안 돼. 좀 더 지적으로 대응해야지.”

『우으…… 애슈, 지적인 정령이 될 거야!』

코를 움찔움찔 움직이며 애슈트는 흄의 품속으로 쏙 숨었다.

그래서는 도망쳤을 뿐인 게 아닌가 싶기도 했지만, 반은 깨닫지 못하고 자신이 화내는 방식이 지적이지 못하다고 콕 집은 것이라 여기며 분개했다.

"네 이놈들!"

"식사 중에 싸우는 건 그만둬 주시겠습니까? 아니면 식사를 마무리할까요?"

카이가 어이없다는 듯이 그리 말하자 반의 귀가 움찔하고 반응했다.

"음……! 그건 곤란해."

풀이 죽어 꼬리를 축 늘어뜨리고 풀썩 얌전히 자리에 앉는 반을 보며 흄이 「후훗」 하고 웃었다.

"네놈……!"

"대정령님을 꼬마라고 부른 인물은 누구입니까?"

웃으며 흄이 그렇게 묻자 반은 부루퉁한 얼굴을 하고서 입을 다물었다. 그러자 흄의 품 안에서 불쑥 고개를 내민 애슈트가 말했다.

『애슈 알아! 이 녀석 엄마야!』

"어째서 꼬맹이가 알고 있는 거냐!"

"아하하하하!"

성대하게 자폭하고 만 반의 모습에 흄은 참을 수 없다는 듯이 크게 웃음을 터뜨렸다.

"애슈트는 지혜의 정령이야. 신기하게도 정보통이지."

『모두가 가르쳐줘!』

"모두는 누구냐!!"

머리끝까지 화가 치민 반이었지만 그만 변명 같은 말을 내뱉고 말았다.

"나도, 나도 커지고 싶다고……!"

크윽…… 하고 무언가를 참는 반을 보고 카이와 흄은 서로의 얼굴을 바라보았다.

신체적인 부분이 반의 콤플렉스라는 사실을 알고 의외라 여겼지만 본인의 노력으로 어찌할 수 있을 리 없었다. 그런 걸 웃어버려 미안하다고 두 사람은 사죄했다.

"음…… 어째서 갑자기 사과하지?"

"으음~ 그러니까, 그게. 자, 애슈트도 잘못했습니다 해야지."

『싫어! 애슈를 완전 꼬맹이라고 했단 말야!』

"아아, 그럼 비긴 거네."

"하지만 너는 충분히 크잖아? 대정령이기도 하고."

그야말로 애슈트와 반을 비교해봐도 백호의 모습을 한 반의 체격은 충분히 컸다. 그걸 꼬마라고 부르는 모친이란 대체 어떤 인물일까 의아하게 여기고 있으니 애슈트가 가르쳐주었다.

『이 녀석 엄마, 영아의 총장이야!』

"영아?"

"아마, 정령계에서 말하는 기사인 모양이더군요."

"호오오! ……응? 총장?"

『이 녀석 엄마, 정령계 최강이야! 커다래! 무서워!』

"아……."

얼마나 크냐고 무심코 묻자 반이 조용히 「내 다섯 배 정도다……」 라고 중얼거렸다.

"뭐? 무리 아냐?"

무심코 그렇게 대꾸한 흄을 향해 반이 이를 드러냈다.

"무리가 아니다! 나는 커질 거다! 커져서 공주님을 푹 빠지게 만들 거다!"

공주님을 푹 빠지게, 라는 단어를 듣고 카이의 미간에 주름이 잡혔다.

"어이, 그게 무슨 말입니까?"

"어……? 카이, 말투가 바뀐 것 같은데?"

"이 녀석은 공주님이 얽히면 성가셔진다."

"그런 것보다 엘렌 님을 푹 빠지게 만든다는 게 무슨 말입니까? 설명해주십시오. 싫다면 식사는 이제 없습니다."

무서운 얼굴을 하고서 노려보는 카이의 모습에 반과 흄이 당황했다.

"……공주님은 커다란 몸에 복슬복슬과 발바닥 젤리를 좋아하시는 모양이다."

"네? 복슬복슬과 발바닥 젤리……?"

"내가 어머님보다 털 관리를 잘하고 있단 말이다! 보들보들 폭신폭신하고 좋은 냄새가 나도록 주의하고, 자기 전에는 발바닥 젤리에 크림을 바르고 있건만!"

정말이지 분하다는 듯이 말하는 반을 바라보는 모두의 눈이 동

그래졌다.

“젠자아아아앙! 어머님보다도 나는! 커질! 거다!!”

될 대로 되라는 것처럼 소리친 반은 식사를 재개했다.

우걱우걱 먹는 그 모습을 보고 카이는 어이없어했다.

“아~ 정말 재밌어. 공주님도 너희도. 반크라이프트령은 왠지 즐거울 것 같아.”

“즐거워 보입니까……?”

휴의 말을 듣고 카이는 복잡해 보이는 표정을 지었다.

모두가 식사를 재개했다. 처음 같은 무거운 분위기는 사라졌지만 카이의 심정은 복잡했다.

엘렌의 옆에 있는 반조차 그 자리를 빼앗길 것 같다며 애를 쓰고 있을 줄은 몰랐다.

상황은 다르지만 자신과 어떤 차이가 있는 것일까 하는 생각을 하게 되고 마는 것이다.

“왜 그러지? 손이 멈췄는데?”

우물우물 한쪽 뺨이 볼록해진 반에게 지적받고서야 자신의 손이 멈추었다는 사실을 깨달았다.

“아아, 아니, 아무것도 아닙니다.”

그렇게 대답하고 내려두었던 포크와 나이프를 쥔 순간 손목에서 통증이 느껴졌다.

“윽…….”

“어이, 왜 그러지?”

“아니, 오늘 훈련을 하다 조금 다쳤을 뿐입니다.”

마음이 풀어진 탓일까? 지금까지 눈치채지 못했던 곳까지 다쳤다는 사실을 깨달았다.

확인을 위해 손목을 조금 움직여보고 문제없다 판단한 카이는 다시 포크와 나이프를 들려 했다. 그러나 그 손을 반이 꽉 잡았다.

“무슨?”

빙글 뒤집자 심각한 상태인 카이의 손바닥이 드러났다.

“앗! 어째서 참고 있던 거야? 다쳤으면 말을 하라고!”

흄이 자리에서 일어나 약을 가져오려 하는 것을 「괜찮습니다」 하고 말렸지만 어째서인지 반이 그 손바닥에 얼굴을 가져다 대고 후우 하며 숨을 뱉었다.

“어?”

살랑 하고 부드러운 바람이 손바닥을 간질였다고 생각한 순간, 부풀고 붉어졌던 물집이 마르고 가라앉았다.

“……이, 이게 대체?”

“어라? 어떻게 한 거야?”

흄도 카이도 손바닥을 들여다보고 놀랐다.

“흐흥. 나는 이런 것도 할 수 있다.”

한껏 몸을 젖히고 의기양양한 얼굴을 하는 반을 보며 카이가 놀라고 있으니 반대쪽 손도 내놓으라고 반이 명령했다.

“냉큼 내놔라.”

“아, 아아…….”

그리고 또다시 카이의 손을 잡고 후우 하고 숨을 내쉬었다.

상처가 깔끔하게 나은 손바닥을 빤히 들여다보며 카이는 감사 인사를 했다.

"고맙습니다……."

"솜씨 좋지?"

"치유 마법을 쓸 줄 아는 거야?"

"아니, 이건 다른 거다."

"뭐? 무슨 말이야?"

"공주님이 말씀하셨다. 상처는 딱지가 지고서 낫는다고."

"그렇지."

"체액이 굳어진 것이 딱지라고 배웠다. 그걸 바람의 힘으로 건조시킨 것뿐이다. 통증은 아직 조금 남았지만 낫는 건 훨씬 빨라지지."

"우와!"

자세히 보니 물집의 수분이 사라지고 얇은 껍질만 남아 있었다. 잡아보니 껍질만 늘어났다.

그러나 통증이 없었다. 안쪽 피부 부분까지 솜씨 좋게 건조시켜 준 모양이었다.

"공주님은 그런 부분의 시선이 보통 사람들과 다르다니까. 몇 걸음이나 앞을 나아가고 있는 느낌이야."

"……확실히. 닿지 못할 만큼 먼 분이다."

반의 차분한 말에 카이는 눈을 크게 부릅떴다.

'대정령인 반조차…… 엘렌 님은 멀기만 한 것인가?'

자신은 조금이라도 다가갈 수 있을 것인지, 이번에는 불안에 휩싸였다.

"뭐냐? 또 어디가 아픈 거냐?"

"아, 아니, 아무것도 아닙니다. 괜찮습니다."

카이는 마음 한편으로 어째서 자신과 계약을 해주지 않는 것일까, 하는 생각을 했었다.

'나는 마음 한편으로, 자신도 대등하다고 우쭐대고 있었구나…….'

반조차 앞을 바라보며 닿을 수 없는 존재로 여기는 엘렌을 두고 자신은 조금 뒤에 서 있다고 우쭐댔다.

'반은 엘렌 님의 옆에 있다고 생각했는데…….'

그런 가치관의 차이를 목격하고 자신이 선 위치를 알았다.

'계약 이야기가 나오지 않는 게 당연하지. 반에게 있어 나는 그럴만한 가치가 없으니까.'

카이는 자신의 손바닥을 바라보았다.

반이 꾹, 꾹, 몇 번이나 주먹을 쥐고 상태를 확인하는 카이의 모습을 슬쩍 지켜보고 있다는 것을 흄이 눈치챘다.

『휴도, 큰 편이 좋아?』

"응? 갑자기 무슨 말이야?"

애슈트가 고개를 갸우뚱거렸다.

『복슬복슬!』

"나는 지금 애슈트의 복슬복슬이 사랑스러워. 엉덩이도 폭신폭신하고."

흄은 보들보들하고 부드러운 애슈트의 털이 아주 좋았다.

『애슈도 휴가 좋아!』

어리광을 부리는 애슈트를 사랑스럽다는 시선으로 바라보며, 흄은 애슈트의 이마를 쓰다듬었다.

그 모습을 반과 카이가 가만히 지켜보고 있다는 것을 깨달았다.

"……왜 그러지?"

"아니, 아무것도 아닙니다."

"음…… 공주님도 내가 세계 제일이라고 말씀하셨다. 그렇다는 건, 어머님의 복슬복슬과 발바닥 젤리는 예외 취급이라는 뜻인가?"

반이 중얼중얼하며 무언가를 계속 자문자답하자 카이가 어이없어했다.

"엘렌 님의 말을 의심하는 겁니까?"

"뭐라고?! 공주님의 말씀은 절대적이다! 그러니까 나는 세계 제일의 복슬복슬과 발바닥 젤리다!"

가슴을 쭉 내밀고 반은 당당하게 선언했다.

"질과 양의 차이 아닐까?"

"과연. 그런 견해도 가능한 건가."

"대정령님, 상당히 단순하다는 말 자주 듣지 않아?"

"뭐라고?!"

흄에게 놀림당하는 반을 신기하다고 생각하던 카이도 장난기가 들기 시작했다.

"털 손질과 발바닥 젤리 관리에 그렇게나 공을 들이는 겁니까?"

"물론이지!"

"호오. 애슈트 씨와 얼마나 차이가 날까요?"

"아, 그거 궁금한걸~."

흄이 그렇게 말하자 애슈트와 반의 시선이 맞부딪혔고 빠직빠직 불꽃이 튀었다.

"그거 좋지! 신중하게 느껴보도록!"

'언젠가…… 나도 옆에 선 모습을 인정해줬으면.'

그리 생각하는 마음을 감추고 카이는 평소처럼 반을 놀렸다.

동물 모습으로 변한 반의 손을 잡고 카이는 조물조물 주무르기 시작했다.

분홍색 발바닥 젤리는 말랑말랑 부드러웠다. 잘 손질되어 있다는 증거였다.

"오오…… 이건 상당히……."

"정말이야! 좋은 냄새가 나! 뭘 뿌린 거야?"

흄은 반의 털에 얼굴을 파묻은 채 즐기고 있었다.

『애슈가 더 보들보들해!』

발로 바닥을 탕탕 치면서 애슈트가 자신도 만지라고 카이에게 졸라댔다.

정령들은 사이좋게 카이와 흄의 계획에 넘어가고 말았지만 반과 애슈트는 마지막까지 그 사실을 눈치채지 못했다.

제25화 구출극

체재 마지막 날, 이날은 학원 내에서도 1년에 한 번인 커다란 행사가 열리는 날이었다.

『정령과의 계약 의식』

14세가 되면 정령과의 적성을 시험하고 교신하기 위한 의식이 열린다.

이 일대 이벤트가 열리는 와중에, 엘렌과 로벨은 성의 중심에 있는 교회에 침입하여 지하로 향할 예정이다.

흄과 리리아나는 이미 반크라이프트가의 저택에서 보호받고 있었다.

"반, 부탁한다."

"분부에 따르겠습니다."

이 자리에 카이는 없었다.

마지막 날의 작전을 사전에 카이에게 전달하긴 했지만 실행에서는 제외시켰던 것이다.

로벨은 카이에게 학원 행사에 집중하라고 했다. 평생에 한 번뿐인 교신 의식. 놓쳐서는 안 된다며 로벨은 카이에게 웃어 보였다.

카이는 로벨 일행과 행동을 함께하고 싶어 했으나 이 의식에 모두의 관심이 집중된 사이에 정령을 구출한다는 것은 바로 양동 작전이라는 뜻이었다. 그 사실을 전달하자 알았다며 납득해주었다.

"아버지, 카이 군에게는 알리셨나요?"

"아, 그거? 알리지 않았단다."

"네……?"

"하지만, 그편이 더 놀라지 않겠니? 모두를 속이려면 아군부터, 란다."

찡긋 윙크하는 로벨을 보며 엘렌은 마음속으로 「카이 군 미안해요」 하고 사과했다.

*

어젯밤부터 휴의 모습이 보이지 않은 탓에 발파는 초조해졌다. 그제부터 리리아나의 모습이 보이지 않는다며 저택에서 심부름꾼을 보내왔다.

휴이 리리아나를 숨긴 것인가 생각했지만 저택에서 온 심부름꾼은 그의 모습을 보지 못했다고 했다.

게다가 리리아나만이 아니라 그 방 안에 있던 것 전부가 사라졌다.

사람들에게 들키지 않고 가구나 침대까지 사라졌다는 건 이해하기 어려웠다. 대체 무슨 일이 일어난 것인가 싶어 발파는 혼란스러웠다.

흄은 그제부터 어제까지 영웅의 딸이 앓아누웠다며 그 옆에 붙어 있었다.

리리아나를 저택에서 데리고 나올 시간도 없었을 테고, 의심스러워하다 되려 리리아나에게 무슨 일이 생겼다는 사실을 들키면 장기 말로 쓸 수 없게 된다.

마음대로 되지 않는 사태에 발파는 초조해하며 손톱을 물어뜯었다.

"대체 어째서 흄의 모습도 보이지 않게 된 거지?!"

어젯밤부터 모습이 보이지 않는다고 교사들은 한 목소리로 보고해 왔다. 그쪽에 흄이 없습니까? 하고 로벨에게 물었지만 문 너머에서 쌀쌀맞게 「모른다」라는 답이 돌아왔다.

로벨의 딸에게 학원장실의 비밀의 방을 들킨 탓에 로벨은 이쪽을 경계했다.

게다가 오늘은 1년에 한 번뿐인 정령 의식의 날이다. 로벨에게 함께 의식을 지켜보지 않겠느냐고 권했더니 가까운 자가 참가하기 때문에 기사과 가까이에서 보겠다며 거절당했다.

정령의 저주를 지닌 왕가의 사람은 4년 전부터 교사들과 함께 멀리서 의식을 지켜보는 것이 통례가 되어 있었다.

반크라이프트가는 왕가와 좋지 않은 사연이 있는 만큼, 왕가의 사람 가까이에 있기 싫다는 뜻을 담아 에둘러 거절한 것인지도 몰랐다.

애초에 이렇게 바쁘면 흄과 그의 어머니 수색에까지 손을 쓸 여유가 없었다.

저택에서 보낸 자를 수색에 동원하고는 있지만 그런 자들을 학원 내에 들일 수도 없어서 수색은 난항을 겪고 있었다.

"젠장! 젠장!!"

책상 위에 있던 서류와 잉크병에 화풀이를 하자 서류가 우수수 쏟아졌다.

잘 풀리는 게 하나도 없다며 학원장은 머리를 마구 쥐어뜯었다.

잉크병 뚜껑이 충격에 열렸고 내용물이 쏟아져 천천히 바닥을 검게 물들였다.

*

흥분한 상태로 의식 순서를 듣고 있는 동급생들을 바라보면서 카이는 한숨을 내쉬었다.

원래대로라면 이런 때야말로 호위로서 엘렌 일행의 곁에 있고 싶건만 정령에 관한 일은 정령이 대처한다며 호위에서 제외당하고 말았다.

게다가 그 정령을 구하는 데 이 행사가 양동이 된다는 말을 들으면 카이로서는 납득하고 따를 수밖에 없었다.

가슴에 퍼지는 소외감은 자신이 인간이기 때문일까?

반은 엘렌의 호위로서 곁에 있을 터다. 자신은 인간이기에 그 테두리 안으로 들어가지 못한다.

'나는…… 엘렌 님을 지키겠노라 맹세했건만.'

이대로는 아무런 도움도 되지 못한다. 만약 이 의식에서 정령과 계약하게 된다면 조금은 도움이 될 수 있지 않을까?

카이는 자신의 차례가 올 때까지 조용히 앞을 바라보았다.

*

운동장 같은 넓은 공간 중심에는 열 개의 마법진이 그려져 있었다. 그 마법진 중앙에 한 사람씩 서서 교사의 보조를 받으며 정령과 교신한다.

이 행사는 학원생들에게 있어 일대 이벤트였고 전교생이 지켜보고 있었다. 정령과 교신한 자는 일약 스타가 될 수 있었다.

이 학원에서는 귀족과 서민에 관계없이 소속된 학과에 따라 정령과 교신할 수 있다.

정령과 교신한다고 해도 간단히 계약할 수 있다고는 단정할 수 없다. 그러나 이 학원에서만은 정령과의 계약 확률이 각별히 높았다.

정령과의 교신을 목적으로 타국에서 유학 오는 자도 많았다.

그런 중에 엘렌과 로벨은 기사과의 무스켈 교관과 함께 멀리서 상황을 지켜보고 있었다.

귀빈실에서는 학원장과 함께 왕가의 사람들이 견학하고 있는 모양인지 가까이 가서는 안 된다고 로벨에게 당부를 받았다.

드디어 의식이 시작되자 그 붉은 마소 알갱이가 엘렌에게 보일 정도가 되었다.

이 방대한 의식의 힘을 보충하기 위해, 학원은 아크의 힘을 오랜 세월 이용해온 것이다.

"……너무해."

자그맣게 중얼거린 엘렌의 말에 로벨이 곧바로 반응했다. 뭔가가 보이는 거구나? 하고 말한 로벨이 달래듯 엘렌을 끌어안았다.

"아크 오라버니의 힘이 의식에 쓰이고 있어요……. 이 방대한 힘을 보충하기 위해서……."

"그렇게 된 건가."

수없이 열린 의식. 때때로 반응이 있던 곳에서는 자그마한 정령이 목소리에 이끌려 모습을 드러낸다. 그런 반응이 있을 때마다 주변에서 환성이 들려왔다.

방대한 힘에 이끌려 정령이 모습을 드러내기 쉬워진 것이었다.

그야말로 왕가의 사람이 정령을 인질로 삼아 불러내던 그 끔찍했던 과거의 사건 그 자체였다.

이 학원에서는 정령과 계약하기 쉽다. 그런 소문이 퍼지면 학원의 명성이 높아진다. 텐바르 왕국에는 정령의 가호가 없다고 하지만 그 명성을 따라 유학 오는 자는 분명 많았다.

축제 감각으로 열리는 행사 이면의 희생에 엘렌은 견디지 못하고 눈물을 글썽였다.

"엘렌, 이제 곧이야."

로벨의 속삭임에 엘렌은 로벨의 어깨에 묻고 있던 고개를 들었다.

광장에 그려진 마법진 중 하나로 향하고 있는 이의 모습이 눈에

익었다.

"……카이 군."

"지금부터 큰 소동이 될 거다. 가자, 엘렌."

"네."

엘렌은 눈물을 거칠게 훔치고 앞을 보았다.

*

차례가 돌아왔다. 카이는 지시받은 대로 광장에 그려진 마법진 중 하나의 중앙에 섰다.

옆에서 보조를 담당한 교사가 침착하게 정령에게 목소리가 전달되도록 기도하라고 조언해주었다.

'정령에게, 목소리를…….'

들어줄까? 힘을 빌려줄까? 지키고 싶은 사람을 지키기 위한 힘을—.

마법진이 빛났다. 부디, 나에게 힘을 빌려주기를—.

'그분을 지키고 싶어……!!'

급격한 힘의 파동에 주변이 소란스러워졌다.

돌풍이 불어닥치고 카이의 주변에 있던 교사들은 날려갔다.

마찬가지로 바람에 날아갈 것 같았지만 카이는 다리에 힘을 주어 그 자리에서 버텼다.

대체 무슨 일이…… 그리 생각하며 실눈을 뜨고 바라본 그 앞에서 커다란 흰 호랑이가 천천히 이쪽으로 다가오는 것이 보였다.

그 모습은 본 적이 있었다. 어째서 여기 있는 것이냐며 카이는 눈을 크게 떴다.

『꼬맹이 너냐…… 나를 부른 건.』

짐승의 짖는 소리를 들은 듯 위압감에 몸이 부들부들 떨렸다. 온몸으로 소리를 느끼고 있는 감각이 들었다.

마치 회오리 내부에 있는 듯한 광경이 카이 주위에 펼쳐지고 있었다. 주변에서 소용돌이가 치고 있건만 신기하게도 고요했다.

눈앞에 선 짐승과는 조금 전까지도 얼굴을 마주했을 터인데 어찌 된 일인가 싶어 카이는 혼란스러웠다.

"……구출하러 간 거 아닙니까?"

『힘을 원하지?』

"……."

『꼬맹이 네 목소리는 내게 들렸다. 꼬맹이의 바람도.』

"빌려주시는 겁니까? 그분을 지키기 위해. 그 힘을."

『처음부터 목적은 일치했다. 게다가…… 꼬맹이 네가 다른 정령과 계약하는 바람에, 그 완전 꼬맹이 같은 녀석이 뻔뻔하게 나타나거나 하면…… 내가 곤란하다.』

흥 하고 거친 숨을 내쉬는 짐승의 모습에 카이는 참을 수 없이 웃고 싶어졌다.

『자, 어찌할 테냐? 꼬맹이.』

"뻔하지. 나에게 힘을 빌려줘!!"

『계약은 맺어졌다. 내 이름은 대정령 빈트의 아들, 바람을 관장하는 대정령 반이다!!』

짐승의 짖는 소리는 주변에 또 다른 바람을 불러왔다.

반에게서 나온 빛이 회오리 틈새에서 빛줄기처럼 새어 나와 주변을 비추었다.

빛이 회오리를 거두었다. 학원이 시작된 이래 처음인 그러한 상황에 주변에 있던 사람들은 멍하니 지켜볼 뿐이었다.

*

엘렌은 카이 앞에 반이 나타났을 무렵, 로벨과 함께 교회 내부로 전이했다.

"아버지, 이쪽이에요!"

엘렌이 중앙 통로를 달려갔다. 로벨이 놀라며 「기다려!」 하고 소리쳤다.

그 목소리와 겹쳐지듯이 밖에서 폭음과 환성이 들려왔다. 양동작전이 잘 풀린 모양이었다.

제단과 바닥이 접해 있는 부분의 조금 앞쪽에 살짝 불룩해 보이는 곳이 있었다. 그것은 매우 주의 깊게 살피지 않으면 알 수 없을 정도였다. 융단 아래에 무언가 돌출부 같은 것이 있는 모양이었다.

융단을 젖히고 지하 입구를 열어야 할 테지만 성가시다는 듯이 엘렌은 전자를 진동시켜서 그 부분을 태웠다.

드러난 바닥에는 꿈에서 본 것과 같은 경첩이 달린 문이 있었다.

그것을 본 로벨은 놀랐다. 「그런 곳에……」라고 희미한 중얼거림이 새어 나왔다.

엘렌은 경첩의 금속 구조 배열을 바꾸어 모양을 바꾸었다. 빠직하고 경첩이 튕겨 날아갔다.

이어서 기세에 맡긴 채로 문을 마법으로 날려버렸다. 초조함에 힘 조절을 하지 못했고 튕겨 나간 문은 주변에 있던 의자를 쓰러뜨려 갔다.

"엘렌! 진정해!!"

지금까지 들은 적 없는 로벨의 질책에 엘렌은 어깨를 움찔 떨었다.

울상이 된 엘렌과 시선을 맞춘 뒤 「함께 가야지」 하고 로벨이 부드럽게 달랬다.

그 말에 고개를 끄덕인 엘렌은 로벨에게 매달렸다. 로벨은 그대로 엘렌을 안고서 어둡고 긴 계단을 천천히 내려갔다.

내려가면 갈수록 그 기척은 짙어졌다.

넓은 공간에 도달하자 엘렌은 안절부절못하고 로벨의 품 안에서 버둥거렸다.

"아크 오라버니!!"

눈물이 쏟아졌다. 벽에 고정된 아크의 안색은 창백했고 축 늘어져 있었다.

"아버지! 아크 오라버니를 구해주세요!!"

초조함에 날뛰는 엘렌을 진정시키려고 로벨은 필사적으로 말을 걸었다. 그러나 엘렌의 귀에는 닿지 않았다. 구해줘, 구해줘 하고 온 힘을 다해 멈추지 않고 소리쳤다.

엘렌의 목소리를 따라 오리진이 빛을 발하며 둥실 모습을 드러냈고 엘렌을 향해 웃어 보였다.

"엘렌, 잘 해줬구나!!"

오리진이 팔을 위로 들어 올리자 주변에는 빛이 가득찼다.

소리를 내며 튕겨 나가는 사슬. 빛을 받고 마법진이 새겨진 벽이 후두둑 무너져 내렸다.

정령을 겹겹이 감싸고 있던 주박이 풀린 순간, 파문 같은 땅울림이 일었다.

그것들은 지진으로 발전했고 지상에 있는 자들까지 부들부들 떨게 했다.

*

지상에 있던 카이와 사람들은 갑작스러운 지진에 놀랐다. 그러나 태연한 반의 태도에 주변 사람들은 반의 힘이 땅울림을 일으킨 것이라고 착각했다.

『……양동은 성공한 모양이군.』

"그럼, 무사히……!"

『구출해낸 걸 테지. 나는 이만 가보겠다. 나중에 합류하도록 하지.』

그렇게 말한 반은 전이해 사라졌다.

광장에 서 있는 것은 카이뿐이었다. 주변 사람들은 멍하니 이쪽을 보고 있었다.

“대…… 대단해!!”

한 사람이 외치자 그것을 시작으로 큰 소동이 벌어졌다. 기사과 동급생들이 달려와 카이를 둘러쌌다.

“으앗, 좀…….”

카이는 몰려든 사람들 사이에서 시달려야 했고 소란은 전염되듯이 점점 더 커졌다.

보조 역을 맡았던 교사들도 매우 기뻐하며 손뼉을 치고 있었다. 그중에는 상의를 벗어 들고 머리 위에서 원을 그리듯 휙휙 돌리는 학생들까지 있었다.

자신도 엘렌이 있는 곳으로 달려가고 싶었으나 자신이 이동하면 모두가 따라오리라.

카이는 꾹 참고 사람들에게 시달릴 수밖에 없었다. 어쩌면 반은 이 상황을 예상하고서 도망쳤는지도 모른다고 깨닫고, 아주 조금 원망스럽게 여겼다.

왕가의 사람들과 일부 교사들은 눈앞에서 일어난 일을 믿을 수 없어 말문이 막혔다.

학원이 시작된 이래의 쾌거였다. 이 일은 역사에 새겨지리라.

“저, 저게 정령…… 처음 봤습니다.”

라스엘의 중얼거림이 주변에 조용히 울렸다. 광장에서는 큰 소동이 벌어져 수습하기 어려울 지경이었다. 가디엘과 라스엘을 비롯해, 이곳에 있는 시엘과 아미엘도 역시나 부러운 듯한 얼굴을 하고 있었다.

정령의 저주가 없었다면 자신들도 저 의식에 참가했으리라.

광장의 고양된 소동과 반비례하듯이 가디엘들의 가슴속에서는 슬픔이 서서히 번져갔다.

왕가의 선조가 벌인 일이라고는 하지만 불합리하다는 마음을 버릴 수 없었다.

'저러한 정령과 함께라면, 엘렌과 이야기할 수 있을 텐데…….'

뇌리에 떠오른 것은 정령인 엘렌. 몇 번인가 대화한 적은 있지만 이쪽을 경계하면서 이야기하는 모습만 봤다.

다가가면 도망친다. 닿으려 하다 거절당했고 저주가 폭주했다.

유일하게 기뻤던 것은 열에 시달리던 가디엘을 걱정스레 바라보던 모습.

만약 왕가와의 불화가 없었다면, 정령의 저주가 없었다면, 하고 생각하지 않을 수 없었다.

'말도 안 되는 걸 바라는 걸까…….'

가디엘은 침울한 한숨을 내쉬었다.

*

눈앞에서 벌어진 일에 발파는 오늘 아침 무렵까지 일어났던 문제가 날아가 버린 착각을 느꼈다.

이 자리에서 고양된 기분을 드러냈다간 수상쩍게 여겨지리라. 발파는 귀빈실을 슬쩍 빠져나와 인적이 없는 곳까지 와서는 참을 수 없게 된 웃음을 입 밖으로 내보냈다.

"크큭…… 크하하하하……!!"

선조님이 남겨준 유산 중에 「정령의 기적」이라는 것이 있었다.

그것은 이 학원의 성에 걸려 있는 주술로, 정령과의 교신을 돕고 마법의 저력을 높여주는 것이었다.

정령과의 계약이 성공할 확률이 높은 학원에는 타국에서 온 유학생도 많았다.

오늘 일은 학원의 이름을 높여줄 절호의 화제가 될 터였다. 학원의 공적이라며 작위를 올려줄지도 몰랐다. 주변 각국에서도 분명 주목을 받으리라. 발파는 웃음이 멈추질 않았다.

그러나 다음 순간, 그 웃음소리를 지우듯이 뒤쪽에서 느릿하게 한 사람의 박수 소리가 들렸다.

그 박수는 어째서인지 귀를 지배하는 위압감을 갖고 있었다. 무심코 뒤를 돌아보자, 그곳에는 어느샌가 국왕 직속의 검은 망토를 두른 근위병들과 왕국 기사단을 이끄는 단장 등이 죽 늘어서 있었다. 그리고 그 중심에는 폐하가 태연히 서 있었다.

"……폐, 하?!"

발파에게서 경악과 초조함이 보였다. 인적 없는 곳이라고 생각하고 마음껏 웃었건만 이 정예들은 기척을 지운 채 발파를 보고 있었던 것이다.

죽 늘어선 갑옷들. 왕국의 인장이 새겨진 최고위를 나타내는 붉은 망토는 피에 젖는다 해도 왕을 지킨다는 의미를 담고 있었다.

왕의 망토는 흰색. 물들기 쉬운 그 색을 몸을 던져서라도 지킨다고 하는 의미가 담긴 붉은색은, 단장을 맡고 있는 사우벨에게만 허락된 색이었다.

왕의 갑작스러운 등장에 발파는 허둥지둥 신하로서의 예를 갖추었다.

그에 편히 있으라며 손을 내젓고서 라비스엘은 웃었다.

"로벨의 뒤를 이을 영웅의 탄생이 될까? 참으로 기쁜 일이야."

정령 의식을 보러 온 것인가? 하며 속으로 식은땀을 흘린 발파는 단숨에 밀려드는 공포에 혼란을 느꼈다.

어째서 이곳에 폐하가 있는 것인지 이해되지 않았다. 어느 틈에 나타난 것인지도 불명이었다. 사전에 그런 연락도 없었을 텐데, 라며 주변의 사람들을 힐끔 둘러보았지만 모두 하나같이 놀라고 있었다.

반크라이프트가의 딸을 입학시켜 약의 조제법을 알아내려 했으므로 뒤가 켕겨 초조해졌다.

"발파, 할 이야기가 있다. 따라오도록."

거절을 허락하지 않는 폐하의 태도에 발파는 고개를 숙이고 뒤를 따를 수밖에 없었다.

폐하의 한 걸음 뒤를 걷고 있는 기사단장 사우벨은 어째서인지 이쪽을 노려보고 있었다.

발파는 기사들에게 포위되듯 끌려가고 말았다.

남겨진 자들은 갑작스러운 사태에 멍하니 있을 뿐이었다.

*

"아크 오라버니!!"

천천히 바닥으로 떨어지는 아크에게 손을 뻗었지만 로벨에게 제지당했다.

바닥과 격돌하기 전에 오리진이 축 늘어진 아크를 받았다. 그리고 차례차례 모습을 드러낸 정령들에게 둘러싸였다.

아크의 힘이 폭주하는 것을 막기 위해 아우스톨을 필두로 하는 영아들이 주변을 둘러싼 것이다. 생명의 레벤과 치료의 클리렌이 오리진에게서 아크를 건네받고 그 상처 입은 몸을 치유해갔다.

정령계로 곧장 데려가지 않고 이곳에서 치료한다는 것은, 그만큼 한시가 급하다는 뜻이었다.

정령 의식으로 더욱 힘을 소모한 아크를 그대로 두기엔 위험하다고 판단한 것이리라.

엘렌이 옆으로 가고 싶다며 로벨을 올려다보자 가도 좋지만 치료를 방해해서는 안 된다는 말과 함께 허락해주었다.

아크에게 무릎베개를 해주고서 그 머리카락을 쓰다듬고 있던 오리진이 손짓해 불러주었고 엘렌은 그 곁으로 달려갔다.

"엘렌 덕분에 이 아이를 구했어. 고마워."

오리진의 미소에 엘렌은 또다시 눈물을 흘렸다. 이번에는 기쁨의 눈물이었다. 구해냈다는 실감이 조금씩 솟아나 가슴을 절절하게 만들었다.

"다행이야……!"

흐르는 눈물이 멈추지 않아 양손으로 훔치고 있으니 오리진이 끌어당겨 안아주었다. 오리진과 함께 눈을 감은 채인 아크를 바라보았다.

엘렌은 아크가 쇠사슬이 매달려 있던 모습을 떠올렸다. 왕가의 저주가 보여준 그 광경과 너무나도 비슷했다. 살려달라며 소리치던 정령의 목소리가 귀에 달라붙어 떨어지지 않았다.

타락한 정령의 영혼을 구해낼 수 없다고 오리진이 말했었다. 그런 것은 알고 있었지만 아크와 구원을 청했던 정령들의 모습이 겹쳐 보여서 무언가를 하지 않고는 견딜 수 없었던 것이다.

모든 일이 겹쳐져 보이고 말았다. 이래서는 안 된다고 엘렌은 다시 눈물을 훔쳤다.

"아크 오라버니……."

살며시 아크의 뺨을 쓰다듬었다. 늦지 않게 치료를 받은 덕분에 아크의 창백하던 안색이 혈색을 띠기 시작했다.

눈을 떠줬으면 했다. 무사하다는 사실을 확인하고 싶어 그리 생각하지 않고는 견딜 수 없었다.

"……윽."

마음이 통한 거라고 착각할 정도의 타이밍에 아크의 눈꺼풀이 떨렸다.

희미하게 뜨인 아크의 눈은 자신을 둘러싼 정령들의 모습을 담고 있었다.

“여……신……?”

“이 잠꾸러기. ……한참 찾았잖아.”

오리진도 뚝뚝 눈물을 흘렸다. 엘렌도 흑흑 흐느끼며 눈물을 흘렸다.

“작은…… 여, 신…… 또, 울고 있어…….”

아크의 손이 들어 올려져 엘렌의 눈물을 닦았다.

엘렌은 아크의 가슴팍에 매달려 엉엉 울기 시작했다.

아크는 천천히 상체를 일으키고 엘렌을 꼭 안아주었다. 곤란한 얼굴을 하고서 「울지 마」 하고 속삭였다.

“아크, 내 딸을 구해줬다며? 고마워.”

“……딸?”

“맞아. 나, 로벨과 결혼했어.”

생긋 웃는 오리진에게 불려온 로벨은 딸을 구해주어 고맙다고 아크에게 감사 인사를 했다.

“……결, 혼?”

“거기 엉엉 울고 있는 애가 나와 로벨의 딸이야. 귀엽지? 너를 구하기 위해서 필사적으로 애써줬단다.”

생글생글 웃는 오리진을 보면서 로벨은 쓴웃음을 지었다. 여기서 이야기하는 것도 뭐하니 정령계로 일단 돌아가지 않겠느냐고 재촉했다.

"여신…… 작은, 여신……."

눈물을 멈추지 않는 엘렌의 양 볼을 감싸고서 아크는 엘렌의 이마에 입을 맞추었다.

엘렌은 너무나도 놀란 나머지 눈물이 멈추었다. 뒤에 선 로벨의 입이 떡 벌어졌다.

엘렌이 눈물로 젖은 눈으로 아크를 바라보고 있으니 아크는 방긋 웃으며 말했다.

"결혼, 하, 자. 나의, 작은, 여신."

아크의 발언에 주변 모두가 할 말을 잃고 멍해졌다.

엘렌은 눈을 크게 뜬 채 무심코 반사적으로 소리치고 말았다.

"아우————웃!!"

단숨에 눈물이 멈춘 엘렌은 아크에게 거침없이 설교를 시작했다.

"아시겠어요? 저와 아크 오라버니는 계통으로 따지자면 거의 남매예요! 결혼 못 해요!!"

"……어째, 서?"

축 처져서 고개를 갸우뚱하는 아크를 조금 귀엽다고 생각하고 말았다.

안 되지, 안 되지, 하고 고개를 저었다. 이대로라면 아크는 무사히 정령계로 돌아가지 못한다. 주로 로벨 때문에…….

"이, 거, 놔——!!"

날뛰는 로벨을 영아들이 필사적으로 달래며 말리고 있었다.

"나의 엘렌에게 접근하지 마!"

크게 격노한 로벨의 모습에 한숨이 새어 나왔다. 오리진과 아우스톨은 배를 잡고 크게 웃고 있었다.

"아우스톨 님! 제발 로벨 님을 말려주세요!"

"싫은데. 재미있잖아."

부하인 영아들에게 도와달라는 부탁을 받았지만 재미있다며 완전히 방관하는 아우스톨.

'이 상황은 대체 뭐야…….'

"내 딸은 절대 시집 안 보내!!"

로벨의 외침이 방 안에 메아리쳤다.

"아크 오라버니는 제 오라버니예요!"

"오라, 버니? 나는, 오라버니?"

"그래요! 저는 여동생이에요!!"

"그런가……."

"그래요!"

"그럼, 작은, 여신이, 커지면, 결혼하자."

"그러니까 저는 여동생이라고요! 아웃이에요!"

"아, 웃?"

평행선을 달리는 대화는 수습이 불가능하게 되어갔다.

오리진은 너무 웃은 나머지 눈물을 글썽였고, 로벨의 분노한 표정은 무서웠고, 어찌하면 좋을지 알 수 없었다.

그러나 주변이 단숨에 슬픔에서 기쁨으로 가득해진 것을 깨닫고 정령들은 웃었다.

그러던 도중에 어떤 기척이 느껴졌고 정령들은 넓은 공간의 입구 너머인 계단을 응시했다.

정령들 사이에서 순식간에 긴장감이 내달렸다. 이 기척은 잘 알고 있었다. 대체 어째서 이곳에 있는 것일까?

"……폐하."

계단을 내려온 인물을 본 엘렌은 무심코 중얼거렸다. 이쪽을 본 라비스엘은 바로 웃음 지었다.

주변의 정령들은 폐하의 저주를 깨닫고 살기를 피워 올렸다. 그 기척에 등 뒤에 있던 근위병들이 일제히 검 자루로 손을 가져갔다.

일촉즉발의 분위기 속, 앞으로 나선 사우벨과 라비스엘이 근위병들을 물렸다.

그 모습을 본 오리진은 한숨을 내쉬며 주변에 있던 대정령들에게 말했다.

"너희들은 아크를 데리고 돌아가려무나."

"하지만 여왕님……!"

"괜찮아. 나, 인간의 왕과 한 번은 이야기를 나눠보고 싶었거든."

빙긋 웃은 오리진은 로벨의 옆으로 가볍게 내려가 로벨의 팔에 팔짱을 끼고 라비스엘을 보았다.

"괜찮겠어? 여왕."

"응. 고마워. 괜찮아."

오리진의 말을 들은 아우스톨은 고개를 끄덕이고 총장으로서 대정령들에게 명령했다.

"모두, 돌아간다!"

대정령들은 라비스엘을 노려보면서도 아크를 우선했다.

아크는 예단할 수 없는 상황에서 벗어났다. 이 정도로 회복되었다면 정령계로 데리고 돌아가 치료를 재개할 수 있을 터다.

엘렌도 아크의 곁에서 떨어져 로벨 옆으로 달려갔다. 오리진과는 반대쪽 위치에 진을 치고서 라비스엘과 대치했다.

전이로 정령들의 기척이 사라지자 라비스엘이 툭 말을 내뱉었다.

"대정령들을 이렇게 많이 볼 수 있는 날이 올 줄이야."

"정령과는 인연이 없으니 신기한가 봅니다?"

로벨이 빈정대는 말을 날리자 라비스엘은 쓴웃음을 지었다.

"밖에서 정령과 계약한 학생을 봤다. 너희 집안 사람이지? ……우리도 저주가 없었다면 계약할 수 있지 않았을까 하는 생각이 들어서 조금 쓸쓸하더군."

"그렇습니까."

쌀쌀맞은 로벨의 태도에 근위병들이 초조해하는 것이 느껴졌다. 사우벨은 또 시작이냐는 듯이 한숨을 내쉬고 근위병과 병사들에게 물러나라고 명령했다.

"그나저나, 결계를 펼쳐뒀을 터입니다만……."

“어머나, 미안해. 아까 내가 날려버렸어~.”

로벨의 말에 옆에서 생긋 웃으며 오리진이 대꾸했다.

방해꾼이 들어오지 못하도록 로벨이 펼친 결계였지만 다른 정령들까지 들어올 수 없었기에 오리진이 재빨리 날려버린 것이다.

“…….”

생글생글 웃고 있는 오리진에게 무어라 할 수도 없었는지 로벨은 한숨을 한 번 내쉬었다.

그런 와중에 뒤쪽에서 나타난 인물이 방 안의 상황을 보고 비명을 질렀다.

“없잖아?! 우리 집안의 정령이 없어졌어?!”

널따란 공간에 매달려 있던 아크는 이미 없었다.

이어서 대체 어떻게 여기 있는 것이냐는 눈으로 로벨과 엘렌을 본 학원장은 덜덜 떨기 시작했다.

엘렌 일행이 아크를 풀어주었다는 사실을 눈치챈 모양이었다. 그에게 로벨은 신랄한 말로 이렇게 답했다.

“너희 집안이 잡아두었던 정령은 돌려받았다.”

“뭐라고?! 그 정령이 이 학원에 있어서 얼마나 중요한지 아는 건가?!”

“너야말로 뭘 모르는군. 너희가 그 정령을 잡아두었기 때문에 이 땅에 몬스터 템페스트가 일어났던 거다.”

로벨의 말에 라비스엘들이 반응했다. 어떻게 된 일이냐며 라비스엘이 묻자 이번에는 오리진이 대신해 설명했다.

“그 아이는 이 세계의 힘을 순환시키는 정령이야. 힘이 정체되면 그 힘은 한 곳에 고이고, 동물에게 작용해서 뒤틀림을 만들어내지."

"뒤틀림을 만들어낸다고……?"

"뒤틀림, 그것이 몬스터 템페스트. 그 아이의 힘을 빼앗은 탓에 비극이 탄생한 거야."

"뭐……?"

경악하는 라비스엘의 얼굴은 처음 보았다. 곧바로 무표정으로 돌아와 학원장을 내려다보았다. 그 얼굴을 본 학원장은 단숨에 창백해져서 비명을 질렀다. 다리가 풀렸는지 바닥을 기어 도망치려 했다.

그러자 사우벨이 순식간에 검을 뽑더니 학원장의 눈앞 바닥에 내리꽂아 그것을 막았다.

갑자기 앞에 검이 꽂혀 도망칠 수 없게 된 학원장은 또다시 비명을 질렀다.

도망갈 곳을 잃은 학원장은 창백해진 채로 「나는 아무것도 몰라!」라고 소리쳤다.

"알 리가 없지! 이 정령은 선조가 발견한 거야! 나는 아무것도 몰라!!"

"무슨 말을 하는 거지? 너는 그 입으로 조금 전에 소리치지 않았나? 잡혀 있던 정령이 이 학원에 얼마나 중요한지, 우리 집안의 정령이 없다, 라고."

"……크흑!!"

로벨의 말에 학원장은 얼굴색이 더욱 창백해졌다. 아무래도 정곡이었던 모양이다.

"잘도 내 아이를 3백 년이나 농락해줬네. 어떻게 해줄까……."

오리진이 턱에 손을 대고 고개를 갸웃거렸다. 그 얼굴은 딱히 화가 난 것도, 웃는 것도 아니었다.

그것은 이제 더는 필요 없어진 장난감을 간단히 버리는 듯한 모습이었다.

어떻게 버릴까. 그런 말이 떠오를 만큼…….

오리진은 로벨 옆에 떠 있었으니 정령이라는 것은 바로 알았을 터다.

그리고 오리진의 말에 학원장은 경악했다. 오리진은 말했다. 『내 아이』라고…….

"부모라고……?! 그런, 설마……!"

아이라고 하는 아크가 가져다준 은혜만으로도 가늠할 수 없는 힘을 느꼈었다. 그렇기에 그 부모인 오리진을 보고 학원장은 경악으로 얼굴을 일그러뜨렸다. 그런 정령이 학원장을 바라보며 어떻게 할까 라며 고개를 갸우뚱거리고 있는 것이다.

"기다려주게. 정령의 여왕이여."

이 상황을 중단시키려는 듯, 라비스엘이 말을 걸어왔다. 그러자 오리진은 왜 그러지? 하면서 요염하게 웃었다.

그 웃는 얼굴을 본 라비스엘도 마찬가지로 싱긋 웃었다.

"이 남자는 건네줄 수 없네. 이건 내 나라에 있어서도 중요한 남자거든."

"……어머나."

라비스엘의 말에 학원장의 얼굴이 기쁨과 놀라움으로 일그러졌다. 도와주는 것이라 여겼는지 라비스엘의 발치로 기어가 목숨을 구걸했다.

라비스엘은 그것을 무시하고 오리진을 바라보았다. 그리고 사형 선고보다도 무거운 말을 날렸다.

"이 남자는 적과 내통하고 있었다. 모조리 불게 해야 해. 당신의 딸을 노리기도 했으니까."

폐하의 말에 오리진이 눈을 깜빡였다.

어머나 어머나 하고 말하면서 라비스엘을 빤히 바라보았다.

"내 딸을 들고 나오면 내가 납득할 거라고 생각한 거야? 너희 인간 따위는 하찮은 존재일 뿐인데?"

오리진은 지금까지 들어본 적 없는 낮은 목소리를 냈다. 그 말에 주변 사람들은 흠칫하고 두려움을 느꼈다.

라비스엘을 도발하는 오리진의 말에 엘렌은 몹시 침울해졌다.

분명 정령 입장에서 보면 인간 따위는 하찮기 그지없는 존재일 뿐이다. 하지만 자신은 그 피를 잇고 있었다. 인간으로서 살았던 생전의 기억도 있었다.

정령으로서 모든 것을 다스리는 자가 보기에 인간은 분명 작은 존재일 뿐이리라.

로벨을 힐끔 보니 오리진의 말에도 태연했다. 단순한 도발이라고 이해하고 있기 때문이다.

속마음이 얼굴에 드러날 것만 같았던 엘렌은 무심코 로벨의 등 뒤로 숨었다.

로벨의 허리에 고개를 묻자 로벨이 눈치채고 괜찮다며 몰래 머리를 쓰다듬어주었다.

후후후 하고 웃는 오리진의 도발에 자극을 받은 주변 사람들이 성난 기색을 드러냈다. 그것을 손으로 제지한 라비스엘은 말을 이었다.

“분명 당신이 보기에 우리는 보잘것없는 작은 존재겠지. 하지만 이 남자의 선조가 벌인 일은 당신에게 있어 경이이지 않은가? ……그때의 참극이 일어났던 것처럼.”

라비스엘의 말에 움찔하고 반응한 오리진은 입을 다물었다.

그리고 그 말에는 로벨과 엘렌도 반응했다. 아아, 역시 폐하는 속이 시커멓다.

눈치채고 있었다. 들키고 말았다.

“………….”

부들부들 떠는 오리진을 엘렌이 걱정스레 올려다보자 오리진은 「엘렌~!」 하고 갑자기 엘렌을 끌어안았다.

“어머니 열심히 노력했는데 역시 속 시커먼 사람은 상대하기 힘들어~!”

오리진의 외침에 엘렌은 움찔했다. 예상대로 폐하는 미간을 좁히며 「속 시커먼 사람……? 그건 나를 말하는 건가?」라고 반복해 말하는 것이 아닌가.

“어머니! 쉿!!”

“엘렌을 흉내 내봤는데 잘 안 됐어~. 어쩌지…….”

풀이 잔뜩 죽은 오리진을 보며 엘렌은 한숨을 내쉬었다.

이 사람이 세계를 관장하는 여왕인가 싶어 엘렌은 머리가 지끈거렸다.

그러고 보니 아기엘을 두고도 불덩어리를 힘껏 던져주고 싶다고 말했던 것이 떠올랐다. 어쩌면 오리진은 생각을 그대로 드러내는 편인지도 몰랐다.

엘렌이 로벨의 등 뒤에서 슬쩍 모습을 드러내자 라비스엘이 싱긋 웃었다.

"엘렌, 오랜만이로구나. 그래, 로벨을 통해 부탁은 전해 들었다. 타협안밖에 내놓지 못해 미안하구나."

"오랜만입니다. 폐하. 타협이고 뭐고, 그리하실 줄 알고 있었으니 문제없습니다. 부탁을 들어주셔서 감사합니다."

숙녀의 예를 취하면서 엘렌이 방긋 미소 짓자 라비스엘도 「그런가?」 하고 마주 웃었다.

조금 전과는 전혀 다르게 분위기가 순식간에 부드러워졌다. 그러나 로벨과 사우벨의 안색이 아주 조금 파리해졌다는 사실을 깨달은 근위병들은 당혹스러워했다.

오리진에 이르러서는 「엘렌, 힘내!!」 같은 말을 하며 주먹을 쥐고 응원까지 했다.

학원장도 어찌 되어가는 상황인가 싶어 어리둥절했다.

엘렌은 최악의 사태를 각오하고 학원장 쪽을 향해 말을 던졌다.

"학원장님. 어째서 이런 사태가 되었는지, 답을 맞혀보죠."

엘렌의 말에 학원장은 눈을 깜빡였다.

"당신은 제 약의 조제법을 알고 싶어서 저를 억지로 학원에 입학시키려 했습니다."

"무슨……."

"당신은 몰랐을 테죠. 제 약의 조제법은, 폐하조차도 알지 못한다는 걸."

"뭐라고……?!"

"당신은 폐하를 제쳐두고 흄 군을 이용해 약의 조제법을 알아내려 했습니다. 이걸로 어째서 폐하가 나섰는지 이해가 되셨습니까?"

"설마?! 녀석이……!!"

"착각을 하고 계시는 와중에 죄송하지만, 흄 군은 아무것도 이야기하지 않았습니다. 상황을 수상쩍게 여긴 제가 추리했을 뿐입니다."

"추리라고?!"

"네. 당신의 행동이, 전부 몹시 수상했으니까요."

엘렌의 말에 학원장은 입을 뻐끔거렸다. 혼란스러운 나머지 무슨 말을 하면 좋을지 알 수 없게 된 모양이었다. 이 모습을 보고 있는 라비스엘은 그저 웃을 뿐이었다.

"엘렌 덕분에 네 꿍꿍이를 알 수 있었지. 엘렌, 고맙다."

"아뇨. 폐하. 이쪽도 부탁드릴 일이 있었던지라, 겸사겸사 보고를 했을 뿐이니 마음 쓰지 마십시오."

"그런가."

폐하는 크크큭 하고 웃었고 학원장은 절망적인 표정을 지었다.

약의 조제법을 독점하려 했던 사실을 들켰다는 걸 이제야 겨우 이해한 모양이었다.

“또한 당신 일족은 정령을 이용해 죄를 범했습니다. 그 대가는 헤아릴 수 없습니다.”

“몬스터 템페스트의 원인이 이 녀석 일족이었을 줄이야…….”

“폐하의 나라에 속한 귀족이지 않습니까?”

“그래…… 분명 그렇지.”

반론도 하지 않고 수긍하는 라비스엘의 태도에 엘렌은 무언가 걸리는 느낌을 받았다. 어째서 이렇게까지 고분고분한 것인지 너무나도 의심스러웠다.

“……그래서, 이 남자의 신병 말입니다만.”

“그건 역시 양보할 수 없다. 엘렌도 알고 있을 테지? 이 녀석의 행동은 타국의 침입을 허락하고, 이 나라를 위험하게 하는 짓이었다.”

“그러네요. 폐하는 이미 카드를 내보이셨죠.”

“그래, 먼저 내놓은 게 정답이었어.”

“그렇다면 이 남자의 일족이 관계된 마법 물품들과 그 기록을 전부 저희가 넘겨받겠습니다.”

“좋아. 원하는 대로 하도록.”

“폐하, 무……무슨 말씀을 하시는 겁니까?!”

“뭐지? 네 일족의 연구 기록을 전부 엘렌에게 넘기겠다고 말하고 있을 뿐이다만.”

“그리고 저는 당신의 신병과 그 일족의 단죄를 폐하에게 넘겼습니다."

호흡이 척척 맞는 엘렌과 폐하의 말에 학원장은 망연자실했다.

그리고 엘렌은 다시 폐하를 보았다. 잊어서는 안 된다.

"폐하, 그리고……."

"응? 아직 남은 게 있나?"

"이자의 일족이 가진 정령에 관한 기억을 받겠습니다."

엘렌의 말에 폐하는 눈을 크게 떴다. 그런 것까지 할 수 있는 것이냐며 놀랐다.

"전부, 넘겨주십시오. 이 남자를 뭉개버릴 권리는 폐하에게 양보하겠습니다."

"좋아. 마음껏 뭉개버리도록 하지."

순간 놀라기는 했지만 즉답하는 라비스엘의 태도에 엘렌은 더는 참을 수 없었다.

의심하는 눈초리로 라비스엘을 바라보며 엘렌이 무심코 뒷걸음질 치자, 그런 태도를 보이는 엘렌의 모습에 라비스엘은 아주 조금 상처 입은 얼굴을 했다.

"엘렌…… 왜 그러지?"

"아…… 아뇨…… 그게."

엘렌이 대꾸하지 못하니 상황을 눈치챈 로벨이 단호하게 말했다.

"폐하가 너무 고분고분해서 기분 나쁘다고 확실하게 말하는 편이 좋단다. 엘렌."

"……아버지는 너무 솔직하세요."

엘렌과 로벨의 대화에 라비스엘은 자각하고 있었는지 쓴웃음을 지었다.

그 후 이쪽이 부탁할 처지는 아니니까 말이지, 하고 정직하게 답해주었다.

"게다가 나는 이제, 그런 일은 반복되어선 안 된다고 생각한다."

저주받은 경위를 알고 있기에 나온 말이었다. 모르는 채였다면 억지로 밀어붙였을 테지, 라고도 말했다.

이렇게까지 교섭이 순조롭게 진행된 것은 라비스엘의 마음에 변화가 있었기 때문이라는 걸 깨닫고 조금 놀랐다.

그러나 이 교섭은 구두로 한 약속일 뿐 아무런 보증도 없었다.

그 점을 어찌할까 고민하는 사이, 라비스엘은 그 사실을 눈치챈 모양이었다.

폐하는 가슴에 손을 대고 고개를 숙였다. 그 행동에 근위병들이 놀라며 「폐하?!」 하고 외쳤다.

한 나라의 왕이 허리를 굽힌다는 행위는 패배를 뜻하는 것이나 마찬가지였기 때문이었다.

"나는 맹세한다. 여왕에게, 그리고 그 보물인 엘렌에게. 정령과의 약속을 지키겠노라고. 그리고 엘렌을, 로벨을 온 나라가 나서서 지키겠다고."

이 말에 주변에 있던 자들은 경악하며 눈을 부릅떴다. 오리진은 어머나 어머나 하고 기뻐했다. 그 반응은 오리진이 납득했다는 증거이기도 했다.

“……어머니는 납득하신 모양입니다.”
“그런가. 감사하군.”
“하지만 저주에 관한 건 별개입니다.”
“역시 엘렌은 엄한걸.”
엘렌과 라비스엘의 대화는 순조롭게 진행되었고 마지막으로 폐하가 말했다.
“그나저나, 속이 시커멓다는 건 나를 두고 한 말인가?”
음험한 미소를 지으며 라비스엘은 그렇게 물었다. 역시 잊지 않고 있었다.

*

상상해보길 바란다. 『속이 시커멓다』라는 말의 의미를 안 순간 폐하의 표정이 어떨지.
“오호라?”
키 차이 때문이라고 여기고 싶지만 싱긋하고 음험한 미소를 짓는 그 모습은 저 위에서 굽어보는 느낌을 주었다. 하지만 엘렌은 마음을 단단히 먹고 의견을 구해보기로 했다.
“폐하.”
“뭐지?”
“앞으로 폐하를 속 시커먼 분이라고 부르겠습니다!”
“……엘렌, 그건 보고이지 않은가?”

"사후보고라 죄송합니다."

"……방금 그 말로 지금까지도 그리 불렀다는 걸 나한테 들켰다만?"

"아차."

"국어책 읽기로군."

역시 라비스엘은 속이 시커멓다. 흘려넘기지 않고 허가를 내려주지도 않았다며 엘렌은 낙담했다.

킥킥킥 하고 웃는 라비스엘은 정말로 즐거워 보였다. 그 모습을 줄곧 옆에서 가만히 지켜보던 로벨이 의문을 꺼냈다.

"저기, 엘렌. 나는 한 가지 의문이 드는데."

"뭔가요?"

"2백 년 전의 왕가는 아크를 간접적으로 이용해서 참극을 벌였잖니? 그때 왕가는 아크의 존재를 몰랐을까?"

"몰랐을 거라고 봅니다."

"……어째서 그렇게 딱 잘라 말할 수 있는 거지?"

"그 참극이 일어났기 때문입니다."

"응?"

"아크 오라버니의 존재를 왕가가 알고 있었다면, 왕가는 어머니가 아니라 대정령인 아크 오라버니에게 직접 부탁을 하지 않았을까요? 그쪽이 빠르고 최소한의 노력으로 끝날 테니까요."

"아아, 그런가……."

"한마디로 사정을 설명하면, 곧바로 자신이 잡혀서 순환이 정체된 탓이라고 깨달았을 테죠. 아크 오라버니라면 몬스터 템페스트의 해결도 간단했을 겁니다."

학원장의 선조는 아크를 발견하고 실험을 거듭했다. 몬스터 템페스트로 왕가가 위기에 빠졌어도 아크의 존재를 숨기고 아크로 얻은 실험 결과만을 보고했다.

게다가 그 대규모 마법의 실험은 응용 실험을 거듭한 것이라고 추측할 수 있었다.

왕가가 백성을 위해 한 일을 역으로 이용해서 자신의 사리사욕만을 채우고 왕가조차도 이용했던 것이다.

"즉, 전부 베른드르가가 초래한 일이라는 것인가……."

잠자코 듣고 있던 라비스엘은 차가운 눈초리로 학원장을 바라보았다.

왕가가 저주받은 경위도 전부 이 가문이 얽힌 일이라는 사실을 알았으니 안에서 거무튀튀한 감정이 튀어나온다 해도 어쩔 수 없으리라.

도망을 시도하려 했던 학원장은 근위병들에게 잡혀 밧줄로 묶인 후 바닥을 뒹굴고 있었다.

떨면서 대화를 듣고 있던 학원장은 다급하게 소리쳤다.

"헛소리야! 애초에, 2백 년 전의 일 같은 걸 어찌 알겠어!!"

"당신 집안의 작위 기록으로 알 수 있지 않을까요?"

엘렌의 말에 학원장은 딱딱하게 굳었다. 생각에 잠겨 있던 라비스엘은 바로 그 답을 유추해낸 모양이었다.

"과연…… 대규모 마법을 발표하면, 공적으로 여겨져 작위가 올라갔겠군. 그것이 그야말로 백성을 구하기 위한 것이라고 생각했다면 더욱 그랬겠지."

조사하도록 하겠다는 말을 덧붙이며 라비스엘은 고개를 끄덕였다.

여기까지 이야기가 진행되자 엘렌은 크게 한숨을 내쉬었다.

아크를 구해야만 한다며 며칠 동안 팽팽하게 당겨져 있던 긴장의 끈이 풀어졌는지도 몰랐다.

얼마 전에 열이 올라 앓아누웠던 탓인지 생각보다 몸 상태가 평소 같지 않았다. 아주 조금 다시 몸이 붕 뜨는 느낌이 들었다.

그 사실을 눈치챈 로벨이 엘렌의 머리를 쓰다듬었다. 그 손길을 가만히 내버려 두고 있는데 근위병에게 일으켜 세워진 학원장이 이쪽을 노려보고 외쳤다.

"이 망할 꼬맹이!! 뭐가 추리냐! 네 억측 탓에!! 쓰러진 너를 걱정하던 흄도 이런 취급을 받게 될 거라는 걸 아는 거냐?!"

일족 전부가 단죄를 받으리라고 깨달은 것이었다.

엘렌 옆에서 학원을 안내해준 흄까지도 이런 꼴을 당할 거라며 학원장은 핏발 선 눈을 하고 껄껄 웃었다.

그 모습을 바라보던 엘렌은 고개를 갸우뚱거리고 대체 무슨 말을 하느냐는 듯이 대답했다.

"당신 일족 중에 흄이라는 사람은 없습니다만?"

엘렌의 한마디에 학원장은 웃겨서 참을 수 없다는 양「몰랐던 거냐? 그 애는 내 아들이다!」라고 말하면서 계속 웃었다.

그런 학원장을 이상하다는 듯이 보고 있던 라비스엘이 참지 못하고 끼어들었다.

"어째서 발파는 모르는 거지? ……로벨, 서류는 줬나?"

"아."

라비스엘의 말에 로벨이 딱히 미안해하는 기색도 없이 「깜빡했다」고 말했다. 그러자 라비스엘이 「정말이지」라며 한숨을 내쉬었다.

어차피 시간 벌이라도 하고 있었을 테지, 그렇게 중얼거리는 모습을 보아 로벨의 행동을 전부 읽고 있던 모양이었다.

"사우벨."

"형님, 어째서 제게 설명하라는 듯이 폐하의 서류를 넘기시는 겁니까?"

"귀찮으니까."

"이 사람은 정말……."

사우벨은 기막혀하면서도 학원장 앞에 무릎을 꿇고 서류를 착 펼쳐 보였다.

"너와 리리아나 님은 결혼하지 않았다. 교회의 절차에 부정이 있었기 때문에 무효가 되었다. 리리아나 님과 흄 님은 너와 성이 다르다. ……어느 쪽이 됐든, 원래부터 네 아들이 아니라는 말이다."

"무슨……."

멍청히 입을 떡 벌리고 있는 학원장의 모습에 라비스엘이 키득키득 웃었다.

"나는 일에 충실하고 재능 넘치는 자를 아주 좋아하지. 흄은 관심을 갖고 지켜보고 있다네."

라비스엘의 말에 근위병들이 가슴을 펴고 자랑스러워했다.

"흄에게 네 일족의 피가 흐르지 않는다는 것은 참으로 다행스러운 일이었어."

라비스엘의 이 한마디로 학원장은 모든 것을 깨닫고 풀썩 어깨를 늘어뜨렸다.

근위병들은 학원장을 밖으로 끌고 나갔다.

이것으로 끝난 걸까.

엘렌이 그리 생각한 순간 라비스엘이 이쪽을 돌아보며 웃었다.

학원장에게는 냉혹했지만 엘렌을 볼 때의 표정은 상당히 기분 좋아 보인다는 사실을 눈치챘다.

그리고 어째서 기분이 좋은지도 깨닫고 말았다.

엘렌은 무의식적으로 뒷걸음질 쳐서 라비스엘에게서 거리를 벌렸다.

"……어째서 도망치지?"

"결과적으로 그렇게 되었을 뿐, 저는 딱히……."

"아아, 벌써 들킨 건가? 아까운 짓을 했어. 하지만 사실이지. 그렇지?"

"……."

"엘렌, 무슨 말이야?"

고개를 갸우뚱하는 오리진을 곁눈질하며 엘렌은 모두가 알 수 있도록 설명했다. 그리고 이 상황이 본의가 아니라는 것도…….

"저는 딱히 폐하를 옹호한 게 아닙니다. 결과가…… 그렇게 되었을 뿐……."

엘렌은 왕가와 학원장이 한통속이라는 것을 부정했다. 모두 학원장이 벌인 짓. 그것을 뒷받침하고 만 것이다.

정령 측으로서는 원치 않았던 일일지도 모른다. 저주를 받은 왕가와 아크를 붙잡고 있던 모든 악의 근원이 한통속이 아니었다는 사실을 알아버리고 말았으니까.

"왕가가 정령에게 한 짓에 변함은 없습니다. 설령 변명을 할 수 있게 되었다 한들……."

거기까지 스스로 말하고서 엘렌은 무언가가 걸리는 느낌을 받았다.

머릿속은 곧바로 지금까지의 경위를 더듬어 나아갔다.

갑자기 입을 다문 엘렌의 모습에 모두는 왜 그러느냐고 말을 걸었다.

'……설마.'

라비스엘은 한마디도 하지 않았다. 「저주를 풀어달라」고는 단 한마디도…….

설마 싶은 마음으로 엘렌은 라비스엘의 얼굴을 바라보았다.

믿을 수 없다는 심정을 드러내는 엘렌의 얼굴을 보고서 라비스엘은 놀란 표정을 지었다. 그리고 말했다. 벌써 눈치챈 것이냐고.

"어째서…… 어째서?!"

어째서 저주를 풀어달라고 말하지 않는 것인가. 그 생각만이 빙글빙글 머릿속을 맴돌았다.

그리고 그 답을 깨달았다.

어찌 된 일일까.

"그런……."

"엘렌은 역시 총명하구나. ……아니, 지나치게 총명하다고 해야 할까."

쓴웃음을 짓는 라비스엘을 보며 엘렌은 고개를 저었다.

무어라 말하면 좋을지 알 수 없어서 엘렌은 혼란스러웠다.

"옆에 있을 수 없는 것은 아주 조금 쓸쓸하지만 말이지."

카이와 반이 계약하는 모습을 떠올렸는지, 지상 쪽을 바라보며 웃은 라비스엘은 근위병들과 함께 계단을 올라 멀어져갔다.

*

라비스엘 일행의 모습이 보이지 않게 되자 그곳에는 엘렌 일행들의 모습밖에 없었다.

그 후로도 한동안 엘렌은 멍하니 있었다. 그리고 점점 무서워져서 몸을 떨었다. 오싹하고 소름이 돋고 말았다.

엘렌이 반사적으로 로벨의 품으로 뛰어들어 모두는 걱정하며 이쪽을 바라보았다.

"엘렌, 왜 그러니? 마지막에 속 시커먼 사람이랑 뭔가 이야기를 하는 것 같던데……."

"어머니……."

엘렌이 울상이 되었다는 것을 알고 로벨이 놀랐다. 대체 무슨 일이 있었던 것이냐며 채근하자 엘렌은 그제야 겨우 입을 열었다.

"폐하는 저주를 풀 마음 같은 건 전혀 없어요."

"……뭐?"

두 사람은 동시에 반응했다. 설마 갑자기 그런 말을 할 거라고는 예상하지 못했던 모양이다.

"어머니, 폐하에게 저주는 무의미해요. 응징 같은 게 되지 않아요."

"……어째서 그런 걸 아는 거니?"

"어머니, 정령의 저주는 우리에게 있어 독이에요. 그 저주의 영향으로 제정신을 잃을 수도 있죠."

"그래, 그렇지."

"폐하는 그것을 반대로 이용해 무기로 삼은 거예요. 정령 마법사 사이로 왕가의 사람이 돌격하면 어찌 될까요?"

거기까지 말하자 로벨도 역시 경악했다.

"정령들이 도망칠 테지……."

"왕가의 저주는 정령 마법을 무력화할 수 있는 무기가 된다. 그래서 폐하는 저주를 풀어주기를 바라지 않는 거예요."

엘렌은 폐하의 시커먼 속내를 절절하게 깨달았다. 라비스엘은 어떤 상황에 처한다 해도 그것을 무기로 바꾸고 말리라.

그 말을 들은 오리진이 참지 못하고 소리쳤다. 「이래서 속 시커먼 그 사람은 싫다니까!」라고…….

엘렌 일행은 지친 한숨을 내쉰 뒤 일단 돌아가기로 했다.

제26화 아리아의 진실

단숨에 긴장이 풀어지고 만 것과 마지막의 마지막에 폐하와 대치했던 일로 피곤이 최고에 달해버린 모양이었다.

정령계로 돌아오자마자 열을 내며 앓아눕고 만 엘렌을 걱정하여 로벨은 밤낮으로 한시도 곁에서 떨어지지 않고 간병을 했다.

그전에도 무리를 했던 경위가 있어서 이것만큼은 어쩔 수 없었다.

"엘렌, 상태는 어떠니?"

한 시간마다 확인하려 드는 로벨을 반쯤 도를 닦는 심정으로 침대 위에서 맞이하자, 그 등 뒤에서 슬쩍 이쪽을 살피는 사람이 보였다.

아크와 반이 살그머니 이쪽 상태를 살피고 있었다. 그 얼굴은 이쪽을 걱정하며 보고 있었다.

그 사실을 눈치챈 엘렌은 괜찮다면서 손짓했고 반은 눈에 보일 정도로 환하게 꽃을 피우듯 미소를 지었다. 아크는 싱긋 웃고 있었다.

그러나 다음 순간, 로벨에게 들켰고 문은 쾅 소리를 내며 닫혔다.

"정말이지. 방심할 수가 없군."

아크의 그 폭탄 발언으로 인해 로벨은 아크를 경계했다.

치료를 받고 기운을 차린 아크는 오리진이 말했던 성격과는 상당히 거리가 먼 인상을 줄 만큼 적극성을 발휘했다.

오리진이 말하길, 아무래도 오랜만의 자유에 들뜬 것 같다고 한다.

이번에는 호위인 반을 따라가면 엘렌을 만날 수 있지 않을까 생각한 모양이다.

아크는 이 방법 저 방법을 써서 모습을 드러냈다. 지금쯤 괜한 불똥을 맞고 쫓겨난 반이 귀와 꼬리를 축 늘어뜨리고 있지 않을까 싶어 안쓰러워졌다.

"아버지…… 너무 지나쳐요."

"그렇지 않아. 나에게서 엘렌을 빼앗으려 하는 해충은 구제하는 게 당연하잖니?"

시원한 미소를 머금고서 무시무시한 말을 하는 로벨의 모습에 한숨이 새어 나왔다.

로벨은 엘렌과 오리진에게 손을 대려 하는 놈들에 관해서는 가차가 없었다.

엘렌을 왕가에 바치려 했던 알베르트.

로벨을 짝사랑하면서 제멋대로인 이유를 붙여 엘렌들에게서 로벨을 빼앗으려 했던 아기엘. 그리고 역시나 그러한 편린을 보이고 있는 아리아.

엘렌과 오리진 모녀도 로벨을 빼앗으려 드는 사람이 있다면 그에 상응하는 대가를 치르게 하겠지만, 로벨을 보고 있자면 너무나도 철저해서 놀라는 일이 많았다.

"엘렌은 시집가지 않아도 괜찮아. 오히려 아빠한테 시집와도 괜찮거든?"

"…………응?"

로벨의 말에 엘렌은 고개를 갸우뚱했다.

무슨 의미냐며 로벨의 얼굴을 보니 로벨은 무언가를 기대하는 눈으로 이쪽을 보면서 생글생글 웃고 있었다.

'이건…… 혹시.'

"저는 아버지랑 결혼……."

여기까지 이야기하자 로벨은 두근두근 눈을 반짝반짝 빛내며 다음 말을 기다렸다. 그 어깨는 차분하지 못하게 들썩이고 있었다.

"안 할 거예요."

딱 잘라 말하자 로벨이 어깨를 축 늘어뜨렸다.

역시 그거였다. 어린 딸에게 듣고 싶은 말 순위에 올라가는 「아빠랑 결혼할 거야」라는 대사.

또 로망 이야기인가 싶어 차가운 시선으로 보고 있으니 로벨이 한탄했다.

"이상해…… 딸을 향한 로망을 딸이 산산이 부수다니……."

"현실을 보는 편이 좋을 거라고 생각합니다."

"싫어!"

곧바로 거절하며 엘렌을 끌어안고 싫어 싫어 하고 반복하면서 로벨은 뺨을 문질렀다.

엘렌은 눈을 가늘게 뜬 채 성가시다는 태도를 감추지도 않고 로벨이 하는 대로 내버려 두었다.

그러던 중, 갑자기 방에 나타난 오리진의 모습에 엘렌과 로벨은 깜짝 놀랐다.

"엘렌. 열은 어떠니?"

오리진이 엘렌의 이마에 조심스럽게 손을 대자 따뜻한 체온이 느껴졌다.

"이제 괜찮은 모양이구나."

오리진이 생긋 웃었다. 엘렌은 허가가 떨어졌다는 듯이 침대에서 서둘러 내려오려다 로벨에게 꽉 잡혔다.

"아직 안 돼!"

"싫어요! 계속 누워 있기 지겨워요!"

책을 가지러 가는 것뿐이라고 떼를 쓰자 로벨은 본인이 가져다주겠다며 쓴웃음을 지었다.

"여보, 그건 내가 할게. 당신은 사우벨에게 가줘."

오리진의 말에 엘렌과 로벨이 어리둥절해했다. 로벨은 이내 무슨 일이 생긴 것이냐며 진지한 얼굴을 하고 물었다.

"있다기보다, 일어났다고 해야겠지. 그 멍청이도 몰래 일을 저지르고 있었는데, 이번에는 딸 쪽이야. 그래서 사우벨의 인내심이 한계에 다다르고 말았어."

그 사우벨의 인내심이 다했다는 내용에 매우 놀란 로벨과 엘렌은 서로의 얼굴을 바라보았다.

*

사우벨은 학원에서 보내온 편지를 앞에 두고 머리를 감싸 쥐었다.

편지에는 라필리아를 데려갈 사람을 보내달라는 내용과 함께 라필리아의 평소 소행 문제가 자세하게 쓰여 있었다.

지금까지 학원 내에서 일으킨 문제만이 아니라, 집안의 이름을 내세우며 다른 사람들을 깔보고 배척하려 했던 행동까지 쓰여 있었다.

몹시 지친 한숨을 내쉰 사우벨에게 로렌이 차를 따라 건넸다.

그러나 사우벨은 찻잔에 손을 댈 생각도 하지 않고 그저 줄곧 한숨을 내쉬었다.

라필리아의 소행 문제가 적힌 편지 옆에는 산처럼 쌓인 서류도 있었다. 그쪽은 아리아에 관한 보고서였다. 두 개의 종이를 보며 사우벨은 조용히 중얼거렸다.

"여기까지인가……."

"주인님……."

"라필리아에게는 귀족이라는 자각이 없어. 본인도 그럴 의도이기에 가르침을 지키려 하지 않지. ……원래부터 맞지 않았던 거야."

자신 마음대로 두 사람을 집으로, 귀족으로 받아들였다. 줄곧 버팀목이 되어주리라 생각했다.

그러나 귀족이라는 것이 그녀들을 엉망으로 만들어버렸다면…….

사우벨은 한숨밖에 나오지 않았다.

"사우벨."

갑자기 공중에서 모습을 드러낸 로벨을 보고 사우벨이 놀랐다.

"형님, 어쩐 일이십니까?"

지금은 엘렌이 열을 내며 앓아누워 있을 터다.

자식을 끔찍이 아끼는 로벨은 엘렌을 돌봐야 하니 당분간은 오지 못한다고 선언했었다. 그랬던 그가 이렇게 갑자기 모습을 드러냈으니 놀랄 만도 했다.

"오리가 너를 걱정하고 있어."

"형수님이……?"

"혼자 끌어안고 있지 마라. 무슨 일이 있었지?"

형수님은 여신이자 쌍둥이 여신과 자매였다. 모든 것을 내다보고 있으리라.

사우벨은 상황을 설명하기 위해 우선 라필리아에 관한 보고서를 내밀었다.

그것을 본 로벨의 미간에는 점점 주름이 깊어졌고 결국에는 이해할 수 없다는 듯이 사우벨에게 질문했다.

"어째서 네 딸이 카이를 탐내지?"

"……카이는 정령과 계약하지 않았습니까? 그래서 욕심을 내게 된 모양입니다."

사건의 발단은 라필리아가 기사과 학생들과 언쟁을 벌이고 반성실에 가게 된 사이에 일어났다.

그날은 우연히도 정령과의 교신일이었다. 학원생 모두가 축제 분위기에 휩싸이는 날이었다.

그런 날에 혼자 반성실에 갇혀 있던 라필리아는 밖에서 무슨 일이 일어났는지 전혀 알 수 없었다.

그런데 밖에 나가보니 자신의 집 사용인이 대정령과 계약했다면서 큰 소동이 벌어져 있었던 것이다.

어떻게 된 일이냐며 본인에게 묻기 위해 라필리아는 기사과 학생들에게 둘러싸여 있는 카이 곁으로 갔고, 그리고 자랑하듯이 말했다.

"너는 나를 따르도록 해. 아빠한테 말해둘 테니. 엘렌보다는 내 쪽이 공작가의 후계자니까 영광이지?"

그때까지 라필리아는 엘렌에게만 호위가 붙어 있다는 사실이 마음에 들지 않았던 모양이었다.

라필리아는 기사과 학생들에게 들은 말을 통해 자신의 입장을 객관적으로 이해했다고 생각했다. 그러나 몇 년 동안이나 거친 태도를 반복해온 결과, 그것은 습관이 되었다.

그만 허세 부리는 말을 내뱉고 말았고 스스로도 무슨 말을 하는 것이냐며 후회했다. 하지만 이미 늦었다.

마치 액세서리처럼 카이를 취급하는 라필리아의 태도에 주변에 있던 기사과 학생이 결국 라필리아에게 크게 화를 냈다.

로벨과 사우벨은 구제할 도리가 없다는 듯이 고개를 저었다.

"이건 이미 틀렸구나."

"네. 학원을 나올 수속을 밟고 있습니다."

라필리아는 숙녀과 학생이었다. 그런 신분이면서 반성실에 들어가고, 나오자마자 다시 말다툼을 벌였다고 한다면 자택 근신이 떨어지는 것은 당연했다.

사실 숙녀과의 자택 근신은 퇴학이라는 의미나 다름이 없었다. 라필리아에게는 숙녀가 아니라고 하는 낙인이 찍히고 만 것이다.

"그래서? 어쩔 셈이냐?"

"……아이 엄마와 함께 처가로 돌려보낼 셈입니다."

"아이 엄마와 함께?"

사우벨은 다른 종이 다발을 로벨에게 건넸다.

거기에는 아리아가 지금까지 무슨 일을 벌여왔는지가 자세하게 보고되어 있었다. 그것을 읽은 로벨은 격노했다.

"형님! 기다려주세요!!"

"역시 이 녀석은 아기엘과 똑같았어! 너를 두고서 이런……!!"

지금 당장 이 집에서 쫓아내라고 소리치는 로벨을 로렌과 사우벨이 허둥지둥 진정시켰다.

"알고 있습니다! 그러니까 저는 아리아와 이혼할 겁니다!!"

사우벨의 외침에 로벨은 움직임을 딱 멈추었다.

"……정말이겠지?"

"네. 저는 이제 아리아를 믿을 수 없습니다. 아리아도 그걸 바라고 있을 테죠. 라필리아가 도착하면 함께 이야기할 셈입니다."

사우벨의 결심에 로벨은 난처해했다.

"……내가 발단이었던 건가."

"아닙니다. 아리아는 우연히 그 자리에 있던 형님을 부정의 이유로 썼을 뿐입니다. 제가 옆에 있는 것도 잊고서 교태를 부리는 그 태도를 용서받을 수 있을 거라 생각했었습니다."

"……."

"아리아는 그때, 가족이 되었으니 마음에 들려 한 것이라고 했었죠. 하지만 그전에도 후에도 그런 태도를 보인 것은 오직 형님 앞에서 뿐이었습니다. 귀족으로서의 교육도 몸 상태가 안 좋다며 받으려 하지 않았습니다. 제가 집에 돌아와도 마중을 나오지 않았습니다. 나오지 않는 이유는 이걸로 알았지만 말이죠. ……그런 여자였던 겁니다."

"사우벨……."

"여신은 알고 있었을 테죠. 그 여자의 본성을. 그렇기에 경고했던 겁니다. 그러나 그 경고조차 무시하는 여자였습니다."

"……그런가."

"슬프지만, 저는 딸에게도 미움을 받고 있습니다. 라필리아는 제 어미를 따라가려 할 테죠……."

사우벨은 정말로 딸을 사랑했다.

그 심정만큼은 잘 이해한 로벨은 사우벨의 어깨를 끌어안았다.

라필리아가 돌아오는 그 날, 매듭을 짓겠다고 사우벨이 말했다.

로벨은 사우벨을 격려하듯이 가족이 곁에 있다고 말했다. 그 말에 사우벨은 마음 든든하다며 기쁘게 웃었다.

로벨에게 사건의 전말을 보고받은 엘렌은 눈을 크게 떴다.

라필리아에 관한 것도 그랬지만 아리아는 뒤에서 대체 무슨 짓을 하고 있었단 말인가. 영지 경영으로 바쁜 사우벨을 대신해 이자벨라와 로렌이 집안 관리를 했고 그러한 경위로 부자연스러운 지출이 발각되었다고 한다.

이자벨라는 보고서로 정리해 사우벨을 설득했다. 이혼하라고…….

로벨의 보고는 그 보고서의 내용과 동일했지만 오리진이 언니들에게 들은 이야기라며 아리아의 소행을 자세하게 전하자 로벨의 분노는 더욱 커졌다.

"오리, 그 일을 나중에 사우벨에게 가르쳐줄 수 있을까?"

"……괜찮을까? 더 낙심하지 않으려나?"

"아니, 괜찮아. 그 녀석은 슬프지 않다고 말했으니까. 그렇다면 철저하게 밟아주고 싶어. 복수하겠다는 생각이 떠오르지 않을 만큼."

"어머나."

오리진은 로벨이 그렇게까지 화가 났다는 점에 놀라 눈을 깜빡였다.

그리고 아리아의 소행을 들은 엘렌은 격노했다. 로벨에게 이야기를 하던 오리진은 그 아래에서 잠자코 듣고 있던 엘렌의 표정을 퍼뜩 깨닫고는 안색이 새파래졌다.

"에……엘렌……?"

"엘렌……?"

오리진의 새파래진 얼굴을 보고 놀란 로벨도 마찬가지로 엘렌의 얼굴을 보고 새파래졌다.

"에, 엘렌! 잠깐 잠깐 잠깐!!"

로벨이 허둥지둥 엘렌을 안아 들었다. 오리진은 엘렌의 뺨을 양손으로 덮고 조물조물 풀어주려 했다.

“…………”

아무리 주물러 풀려고 해도 엘렌의 표정은 변하지 않았다.

엘렌은 가라앉은 눈을 하고서 「뭉개버리겠어요」 하고 낮은 목소리로 선언했다.

“에, 엘렌!! 물리적으로는 안 된단다?!”

“에에에엘렌! 아버지한테 맡기려무나! 응?!”

“싫어요. 저도 숙부님을 지켜보겠습니다.”

결의 가득한 눈으로 찌릿 부모를 바라보자 두 사람은 새파래진 얼굴로 한숨을 내쉬었다.

로벨에 이르러서는 사우벨 미안하다 하고 사죄까지 했다.

“그 멍청이는 여신 중에서 가장 화나게 해서는 안 될 아이를 화나게 해버렸네…….”

라필리아가 저택으로 돌아오는 날을 듣고 엘렌은 철저하게 뭉개버리겠다고 결심했다.

*

저택으로 돌아온 라필리아는 저택의 분위기가 몹시 긴장되어 있다는 것을 깨달았다.

자신이 일으킨 분란은 이제 수복이 불가능했다.

자택 근신이라고 교사가 한숨과 함께 뱉은 말에 아무런 대꾸도 할 수 없었다.

카이에게 자신의 호위를 맡는 쪽이 득이라고 말했을 뿐인데 어째서 그렇게들 격노한 것인지. 그렇게까지 화낼 것은 없지 않냐며 라필리아는 이해하지 못했다.

게다가 아미엘에게 들은 말이 뇌리에 박혀 있었다.

『귀족의 의무조차 배우려 하지 않으면서 자신은 귀족이라며 우쭐대고 있는 게 너야.』

'귀족의 의무…….'

사우벨과 가정교사가 가르치려 했던 것이다. 그러나 아리아는 말했었다. 「공작가니까 그런 거 배우지 않아도 괜찮다. 신분이 대단하니까 다른 사람은 혼내지 못한다」고.

'신분으로 말하자면 아미엘은 왕족인걸…… 나한테 잔소리를 할 수 있는 위치야. 그러니까 나한테 트집을 잡았던 걸까?'

주변은 공작가의 딸에게 주의 같은 건 줄 수 없다. 그래서 신분이 높은 아미엘에게 부탁한 것일까?

'그렇다는 건, 아미엘은…….'

모두에게 부탁을 받아서 자신에게 트집을 잡았던 것인지도 모른다고, 라필리아는 이제야 겨우 자신의 주변 상황에 눈을 돌리게 되었다. 하지만 이내 쓸데없는 일이라며 한숨을 내쉬었다.

집에서 학원으로 사람을 보내올 때까지 자신의 방에서 대기하라는 지시를 받은 라필리아는 교사에게 짐을 전부 정리해두라는 말을 들었다.

그리고 사용인 여러 명이 데리러 왔을 때 자신이 쓰던 방에서 개인 물품을 전부 빼내고 있다는 사실을 눈치채고 놀랐다.

"어째서 짐을 전부 옮기는 거야……?"

자택 근신이 풀리면 다시 돌아올 텐데 어째서냐고 묻자 이쪽을 바라보던 사용인이 그저 짧게 「주인어른께 물으십시오」 하고 답했다.

그렇게 마지못해 마차에 올라 저택으로 돌아와 보니 저택의 분위기는 견딜 수 없을 만큼 무거웠다.

자신이 벌인 일이 이렇게나 혼나야만 하는 일인지 받아들일 수 없었던 라필리아는 반성하기도 전에 반항적인 마음만이 겉으로 드러났다.

마중을 나온 로렌이 주인어른께서 응접실에서 기다리고 계신다며 라필리아를 재촉했다. 떨떠름하게 그 말에 따라 걸음을 옮기자 방에서는 이미 부모님이 기다리고 있었다. 그러나 두 사람의 분위기가 이상하다는 사실을 바로 눈치챘다.

"……다녀왔습니다."

"앉거라. 할 얘기가 있다."

화난 기색을 내보이는 사우벨의 모습에 라필리아는 살짝 겁을 먹으면서도 아리아의 옆에 앉았다.

"너는 학원에서 무슨 짓을 했는지 자각은 하고 있는 거냐?"

사우벨이 단도직입적으로 이야기를 꺼내자 라필리아는 울컥했다.

"하지만…… 카이도 엘렌보다 내 호위를 맡는 편이 이득이잖아?

그렇게 말했을 뿐이야."

그 말에 사우벨은 테이블을 쾅 내리쳤다.

그런 폭력적인 모습은 본 적 없었던 두 사람은 움찔하며 어깨를 떨었다.

"너희 두 사람에게는 이 저택에 왔을 때 분명하게 말했을 텐데? 기사란 무엇인지. 우리 집이 어떤 집안인지. 그리고 저택에서 일하고 있는 사용인은 사용인이 아니라고."

사우벨의 말에 두 사람은 기억을 떠올리려 했다. 그러고 보니 무언가 들었던 기분이 들었지만 그때까지의 생활이 반전한 것처럼 변해버린 탓에 완전히 잊고 있었다.

"너는 기사를 모욕했다. 이 집을 지켜주는 자들의 긍지를 업신여겼다. 너희의 행동은 전부 보고받고 있었다. 이 저택의 사용인, 메이드, 집사는 전부 기사이고, 내 부하다!"

사우벨의 말에 두 사람은 놀랐다. 자신들이 메이드들에게 무슨 짓을 했는지 떠올린 모양이었다.

점점 새파래지는 두 사람을 보면서 이제야 겨우 자각한 것이냐며 사우벨은 한숨을 내뱉었다.

"지금, 이 영지는 여러 면에서 주변의 주목을 받고 있다. 라필리아가 유괴되었던 것처럼, 너희 두 사람의 신변을 노리는 자들이 있어 위험했다."

이어지는 사우벨의 말에 아리아가 순식간에 창백해졌다.

"너희 모르게 호의를 붙여두었었다. 너희를 걱정해서 호위를 붙여두었건만…… 무슨 보고를 들었는지 아느냐? 아리아, 너라면 알 테지?"

"……엄마?"

아리아는 창백한 얼굴로 부들부들 떨고 있었다.

"엄마, 왜 그래?"

걱정하는 라필리아의 말도 들리지 않는 모양이었다.

"그리고 라필리아, 너한테는 귀족의 자격이 없다."

사우벨의 말에 이번에는 라필리아가 굳어졌다.

"……어?"

"너는 학원에서 자신은 공작가의 사람이라고 떠벌리고 다녔다지? 그 유괴 사건으로 잘 알았을 거라고 생각했는데, 아무것도 배우지 못했던 것이냐."

"하지만……! 그렇잖아? 나는 아빠 딸이잖아!!"

"……그래. 하지만, 그것이 상대에게 어떻게 받아들여지는지 이해하고 있기는 한 거냐?"

"무슨 말이야?"

"내 신분은 높다, 떠받들어라 하고 주변을 위압하고 있었던 거다."

"그런 짓 안 했어!"

"했다. 그런 짓을 당했으니, 네게는 아무도 접근하지 않았을 테지. 학원은 귀족이 대부분이지만, 기사과에는 서민도 여럿 다니고 있다. 특히 이 집안은 기사로 통하는 집안이다. 위압으로 들리지 않을 리 없다. 그것은 이윽고 불만을 낳고, 너에 대한, 이 집안에

대한 평가가 된다. ……너는 학원에서 집안의 이름을 더럽혔다."

그래서 기사과 학생들이 자신에게 불만을 말하러 왔던 것이라는 사실을 라필리아는 이제야 이해했다.

귀족이 되기 전 마을에서 살 때는 친구가 많았는데 어째서 귀족이 된 순간 친구가 한 명도 생기지 않는 것인지 이상하게 여겼었다.

귀족에게 무시당하는 것은 어렴풋이 이해하고 있었지만 어째서 서민까지 무시하는 것인지 정말로 이해하지 못했던 것이다.

자신이 깨닫지 못하는 사이에 상대를 위압하고 있었다는 사실을 이해했다 해도, 라필리아에게는 그럴 마음이 없었던지라 불만만이 남았다.

"너는 학원에서 퇴학당했다. 이제 시정으로 돌아가도록 수배해놓겠다."

"아, 아빠?!"

시정으로 돌아간다는 것이 무슨 뜻이냐며 눈을 크게 뜨자 사우벨은 차가운 목소리로 말했다.

"나는 아리아와 이혼한다."

그 말에 아리아가 이성을 잃었다. 「어째서?!」라고 소리치는 아리아에게 사우벨이 토해내듯 말했다.

"어째서? 어째서냐고 묻고 싶은 건 이쪽이다. 결혼 전부터 나를 배신해놓고, 어째서냐고? 네가 가장 잘 알고 있을 텐데?"

"……엄마? 배신이라니, 무슨 말이야……?"

거기까지 말한 라필리아는 무언가를 떠올린 것처럼 사우벨을 노려보았다.

“엄마를 배신한 건 아빠 쪽이잖아?!”

“……뭐라고?”

“엄마가 이 집에 온 후로 다들 차갑게 굴었잖아! 그 탓에 엄마는 슬퍼했어! 그럼 아빠 탓이잖아!!”

라필리아의 이 발언에 사우벨은 고개를 틀며 진심으로 모르겠다는 듯이 「무슨 말이지?」라고 대꾸했다.

바로 그때, 문을 노크하는 소리가 들렸다. 문 너머에서 로렌이 모셔왔습니다 하고 사우벨에게 전했다.

“그래, 들어오도록.”

사우벨이 입실을 허락한 것은 사촌과 그의 부모, 그리고 할머니였다.

어째서 여기에? 하고 라필리아가 이상하게 생각하고 있는데 엘렌이 뚜벅뚜벅 다가왔다. 그 모습에 라필리아의 화가 더욱 끓어올랐다.

대체 뭐 하러 온 거야?! 하고 라필리아가 소리치자 엘렌은 무표정하게 말했다.

“아리아 숙모님. 제가 충고해드렸을 겁니다. 아버지를 이용한 데다 심지어 사우벨 숙부님까지…….”

엘렌은 라필리아를 보지 않고 아리아에게 말했다.

“뭉개버리겠습니다.”

그 말을 들은 아리아가 겁을 먹고 비명을 질렀다. 라필리아는 본 적도 없는 엘렌의 모습에 순간 숨을 삼켰다.

온몸에 소름이 돋았다. 어째서인지 알 수 없었지만 표정이 사라진 눈앞의 작은 어린아이가 무서워서 견딜 수가 없었다. 핏기가 가시고 덜덜 몸이 떨리기 시작했다.

절대 화나게 해서는 안 될 존재를 화나게 만든 듯한 그런 느낌을 받았다.

그것이 경외라는 자각은 없었지만 그 감각은 사우벨들도 느낀 모양이었다. 주변 어른들도 점점 창백해졌다.

"사우벨 미안하다…… 이렇게 되고 나면 엘렌은 이제 멈출 수 없어……."

로벨의 말에 사우벨은 한심한 목소리를 낼 뻔했다.

엘렌은 이전에 라필리아에게 손을 댄 왕가에 보복을 했던 적이 있다.

그 결과가 가져온 내용은 로벨 일행을 두렵게 하기에 충분했다. 그런 엘렌이 그때보다 더욱 크게 화를 내고 있는 것이다. 모두가 창백해지는 이유는 거기에 있었다.

"에, 엘렌…… 부탁이니까 물리적으로는 안 된다? 영지가 날아가 버릴 거야."

로벨의 말에 사우벨들은 더욱 창백해졌다.

물리적으로는 아니지만 엘렌은 아리아를 철저히 뭉개버리고 싶어 참을 수 없었다.

그 이유는 아리아가 『사우벨의 목숨을 노리고 있었기 때문』이었다.

"복도까지 들렸습니다. 라필리아, 숙부님이 배신했다는 건 무슨 뜻입니까?"

엘렌의 갑작스러운 질문에 라필리아는 눈을 크게 떴다.

그러나 엘렌의 범상치 않은 분위기에 주눅이 들었는지 라필리아는 떨면서 순순히 대답했다.

"그, 그게…… 아빠는 엄마가 배신했다고 했어. 하지만 먼저 배신한 건 아빠 쪽이야. 엄마는 언제나 슬퍼했는걸."

"슬퍼했다고? 숙모님에게 배신당했다는 말을 들은 거야?"

"어……?"

"숙모님이 배신당했다고 말했다면, 숙부님이 뭘 했는데?"

"……아빠만이 아니야. 이 저택 사람들은 다 그랬어!! 엄마를 무시하기만 했어!"

"그건 언제부터지?"

"언제라니, 여기 왔을 땐 이렇게 되어 있었어!"

"…………."

그것은 아리아가 이 저택에 왔을 때부터라는 말이리라. 사실, 저택 사람들 모두가 아리아를 냉대한 이유는 알고 있었다.

"아리아 숙모님. 라필리아에게 진실을 알려주는 게 어떠신가요? 당신이 저택 사람들에게 냉대를 받는 이유를."

"무슨 뜻이야?!"

"라필리아. 숙모님은 이 저택에 오기 전에, 숙부님을 배신했었어."

"……뭐?"

"저택 사람들은 그 사실에 격노했지. 이 집에는 전에 비슷한 짓을 벌여서 저택 사람들 모두에게 미움을 받던 사람이 있었거든. 숙모님은 그것과 같은 짓을 하려 했지."

"……미움받던 사람? 그건…… 아미엘의 엄마?"

"아기엘이라는 사람이지."

엘렌의 말을 듣고 라필리아는 떠올린 모양이었다. 어릴 때였지만 부모님을 힘들게 하던 존재라는 사실을 떠올린 것이다.

"그게…… 엄마랑 무슨 관계가……."

"결혼식에서는 여신에게 맹세를 해야 해. 기억해? 숙부님과 숙모님의 결혼식."

갑자기 이야기가 다른 방향으로 날아가자 라필리아는 놀랐다. 결혼식은 기억하고 있었다. 아리아가 아주 아름다운 옷을 입고 있었고 매우 자랑스러웠다고 끄덕이는 라필리아를 보면서 엘렌은 말을 이었다.

"이 사람과 손을 맞잡고 함께 걸어가겠습니다, 하고 맹세하는 거야. 그런데, 숙모님은 숙부님과 걸어갈 마음 따위는 처음부터 없었지. 그래서 숙모님은 여신에게 경고를 받았어. 제대로 숙부님을 바라보라며."

"여신에게…… 경고? 엄마가?"

"그래. 우리는 숙모님께 화를 냈지. 숙부님을 사랑했던 게 아니냐고."

"엄마……?"

믿을 수 없다는 눈으로 아리아를 바라보는 라필리아에게 아리아는 아니야! 하고 소리쳤다.

“그럴 마음은 없었다고 말했잖아! 어째서 그렇게 다시 문제를 삼으면서 나를 차갑게 대하는 거야……?!”

“마, 맞아! 엄마는 잘못하지 않았어!!”

“잘못하지 않았다고……?”

엘렌의 낮은 목소리에 라필리아와 아리아가 움찔하고 몸을 떨었다. 엘렌은 무표정하게 대꾸했다.

“숙부님이 결혼식 전에, 네 어머니 이외의 여자를 줄곧 보고 있었다면 라필리아는 어떻게 생각했을까?”

“뭐……? 그게 무슨 소리야. 기분 나빠.”

“기분 나쁘다고 하네요, 숙모님.”

엘렌의 말에 라필리아는 그제야 의미를 이해한 모양이었다.

「엄마……?」 하고 말하며 아리아를 바라보는 눈은 믿을 수 없다고 호소하고 있었다.

“라필리아, 숙모님은 이렇게 말씀하시지 않았어? 「나는 잘못하지 않았어」, 「가족이 됐으니까 마음에 들려 했을 뿐이야」.”

“어떻게 그걸……?”

“그 말을 들었던 라필리아는 숙모님이 숙부님에게 학대를 당하고 있다고 착각한 거야. 그래서 숙부님에게 반항적인 태도를 취하게 된 거 아냐?”

엘렌의 말에 사우벨이 눈을 크게 부릅떴다.

모친에게 가혹한 짓을 하고 있다고 착각한 라필리아는 반항적인 태도로 저항했던 것뿐이었다.

"설마…… 그래서 내 모든 말에 반항했던 건가……?"

머리를 끌어안는 사우벨의 반응에 라필리아는 난처한 얼굴을 했다.

분명 그리 믿고 있었다면 아이가 취할 수 있는 행동은 한정되어 있을 터다.

"그리고…… 엄마가 괜찮다고 해서…… 공작가니까, 딱히 공부 같은 건 하지 않아도 된다고……."

"아리아?!"

"아, 아냐!! 그런 말 한 적 없어!!"

"어……? 엄마, 그렇게 말했잖아. 공작가는 아무한테도 혼나지 않으니까 괜찮다고. 그래서 나……."

"거짓말하지 마! 나는 아무 말도 하지 않았어!!"

아리아의 말에 라필리아는 충격을 받았다. 망연자실하며 모친을 바라보는 그 모습은, 배신당했다고 말하는 듯했다.

"라필리아에게 떠넘기는 건 그만둬. 네 말을 믿은 탓에 라필리아는 학원에서 고립되어 지냈다고!"

사우벨의 말에 아리아는 참을 수 없다는 듯이 소리쳤다.

"어째서?! 어째서 당신은 내가 하는 말을 믿어주지 않는 거야?!"

"믿을 수 있겠어? 이런 자료가 있는데!"

풀썩, 서류를 테이블에 펼쳐놓았다. 그중 한 장을 본 아리아는 순식간에 새파랗게 질렸다.

이자벨라가 천천히 다가왔다. 사우벨의 등 뒤에 선 이자벨라는 말했다.

“저택의 돈을 멋대로 썼더구나. 저택 세간도 없어졌다는 보고가 있었다. 멋대로 팔아서, 너는 무얼 했던 거지?”

떨림이 멈추지 않는 아리아에게 이자벨라는 이어 말했다.

“너는 가족이 되었으니 마음에 들려 한 거라고 했었지. 그런 너는 평소 무얼 했지? 사우벨을 마중 나오지도 않고, 부인으로서의 교육도 받지 않았어. ……네가 마음에 들고 싶었던 건 로벨뿐이었지?”

이자벨라의 말에 라필리아가 놀랐다.

“엄마가……? 그런, 설마…….”

이 나이대의 여자아이는 조숙하다. 연애 이야기에 신나 하는 나이이기에 그 의미는 분명하게 이해했을 터다.

“네게 돈을 받은 남자들은 이쪽에서 경계하고 있었단다. 녀석들은 네게 부탁을 받아 무얼 하려 했을까?”

“거짓말이야! 나는 아무것도 부탁하지 않았어!!”

“어머, 돈을 건넨 것은 부정하지 않는구나? 하지만 안타깝네. 우리 집안의 사람들은 매우 우수해서, 네 말도 잘 듣고 있단다. 남자와 도망치기 위해 만든 돈은 돌려받았지.”

아리아는 신랄한 말을 던지는 이자벨라를 노려보며 입을 다물었다.

“여신의 단죄가 두려워서 사우벨을 죽이기로 했을 때는, 그에 상응하는 각오도 했겠지?”

격노한 이자벨라의 말에 라필리아는 믿을 수 없다는 듯이 중얼거렸다.

"엄마……? 거짓말이지……? 아빠를 죽이다니……."

"나는 그런 걸 부탁한 기억이 없다고 말했잖아!!"

아리아의 거친 외침에 라필리아는 움찔하며 떨었다.

부친을 죽이려 했었다. 사우벨에게 혼나는 데도 감싸주려 하지 않았다. 자신은 잘못하지 않았다며 라필리아에게 했던 말을 전부 부정했다.

라필리아는 떨었다. 사우벨을 보는 아리아의 눈이 무섭다. 그런 얼굴을 하고서 아리아는 라필리아까지 노려보았다. 라필리아는 자신도 모르게 아리아에게서 거리를 두었다.

그 사실을 눈치챈 사우벨은 서둘러 라필리아의 팔을 잡고 자신의 등 뒤로 라필리아를 감추었다.

보호받은 라필리아는 눈앞에 있는 아빠의 등을 멍하니 올려다보았다.

그런 상황 속에서도 여유로운 오리진이 말을 꺼냈다.

"정말~ 그렇게나 충고했는데 전혀 듣지를 않는다니까. 이렇게 될 걸 알아서, 언니들이 일부러 경고해 가르쳐줬는데 말이야."

오리진의 말로 떠올린 것이리라. 쌍둥이 여신에게 경고받았었다는 사실을…….

파랗게 질린 얼굴을 하고 혼란스러워하는 아리아에게 오리진은 생글 웃어 보였다.

"언니는 전부 보고 있어. 네가 무얼 했는지, 무얼 생각하는지, 전부 알지."

"그, 그게 뭐야……."

낭패스러워하는 아리아를 보며 오리진은 방긋 웃었다.

"너는 사우벨과의 결혼식 당시, 동시에 네 명과 관계를 갖고 있었지?"

"무슨……."

놀라 입을 벌린 면면을 내버려 둔 채 오리진은 말을 이었다.

"사우벨과의 관계로 고민하는 척을 하고 위로를 받았고, 그중 두 명은 네가 결혼한다고 듣고 배신당했다며 널 버렸지. 남은 두 사람은 지금도 관계를 이어가고 있는 모양이고, 그중 한 명이 제 생각에 빠져서 사우벨을 죽이자고 제안했던 거야. 그렇게 하면 단죄를 받지 않아도 된다고. 너는 그걸 이용했지."

"뭐라고?! 두 사람이 아니었던 건가?!"

사우벨의 고함에 오리진은 미안해, 하고 사죄했다.

"로벨이 그러라고 했으니까. 전부 폭로할게~."

로벨 탓으로 해두고서 폭로를 시작한 오리진의 말에 사우벨들은 말문이 막혔다.

그도 그럴 만했다. 아리아는 사우벨을 핑계로 삼아 남자에게 접근하고 동정을 얻어 위로를 받았던 것이다.

줄어든 남자 수를 보충하려는 것처럼 저택에서 발견한 로벨의 모습에 가슴 설레하며 아양을 떨었다.

그러나 잘 풀리지 않았고 주변에서 비난받게 되자 그것을 역이용하여 불쌍한 여자를 연기했다.

그 역할은 새로운 집안에서 냉대받는 여자였다. 그리고 딸을 끌어들임으로써 신빙성을 높이려 했다.

그러나 예상한 것 이상으로 일은 잘 풀리지 않았다. 반크라이프트가의 신용은 아리아의 예상을 웃돌았다.

아리아의 불만을 들은 상대가 그 말을 믿고서 사우벨을 죽이려 했다는 진상이 밝혀졌다.

쌍둥이 여신 앞에서 한 맹세와 의식을 없었던 일로 만들어 단죄를 면하기 위해 상대를 죽인다고 하는 것은 자주 쓰이는 수단이었다.

그렇기에 사우벨의 재혼 소식을 들은 라비스엘은 파고들 틈을 찾을 목적으로 아리아를 품평하기 위해 결혼식에 참석했던 것이다.

사우벨과 아기엘의 경우는 어느 쪽이 먼저 부정을 저질렀는가 하는 점도 심의를 받았다.

사우벨도 아리아와 관계를 맺었으니 피장파장인가 싶었지만, 여신은 모든 것을 간파하고 죄의 무게를 천칭에 걸어 기울어진 쪽에 단죄를 내렸다.

"너라는 여자는……."

사우벨의 작은 중얼거림에서는 분노를 뛰어넘은 기막힘과 슬픔이 배어 나왔다.

지금은 엘렌뿐만 아니라 모두의 분노로 방 안이 가득해졌다.

모든 것을 폭로 당한 아리아는 고개를 숙인 채 아무런 말도 하지 않았다.

"어, 엄마……?"

망연자실해 울음을 터뜨린 라필리아를 엘렌이 끌어당겼다.

키 차이는 나지만 엘렌의 존재를 깨달은 라필리아는 무심코 엘렌에게 매달려 울었다.

그 등을 쓸어주며 괜찮다고 속삭이자 라필리아는 엘렌을 꼭 끌어안았다.

로벨들을 이용하려 하고 자신의 형편에 맞춰 남자를 다룬 그 태도에 분노가 일었다.

게다가 동정을 사기 위해 라필리아를 이용했다는 점도 용서할 수 없었다.

"숙모님, 각오하십시오."

엘렌의 분노에 공기가 진동하며 에너지 마찰이 일어났다.

빠직빠직 주변에 불꽃이 튀기 시작했고 로벨과 오리진은 허둥지둥 제지에 나섰다.

"엘렌! 물리력은 안 돼!!"

"엘렌~! 이 저택이 날아가 버릴 거야! 안 돼~!"

부모에게 둘러싸인 엘렌은 어떻게든 감정을 억누르려 필사적으로 노력했다.

그것을 가까이에서 지켜보던 라필리아가 눈물을 흘리면서 깜짝 놀랐다.

"……그게…… 뭐야……?"

사우벨은 서둘러 이쪽으로 오라며 멍하니 있는 라필리아를 끌어안았다.

라필리아는 놀라면서 사우벨을 바라보았다.

그 시선을 깨닫고 두 사람은 말없이 서로를 바라보았다. 그러자 라필리아가 주륵 눈물을 떨어뜨렸다.

"아, 아빠…… 자, 잘못……했……어요……."

"……아아, 이제 괜찮아. 괜찮단다. 아빠가 잘못했어……."

사우벨은 라필리아를 소중하게 안아주었다.

줄곧 쭉 이렇게 해주고 싶었다는 마음이 담긴 포옹에 라필리아는 둑이 터진 것처럼 엉엉 울기 시작했다.

라필리아의 울음소리에 겹쳐지듯이 고함 소리가 갑자기 울려 퍼졌다.

"어째서 라필리아까지 날 배신하는 거야?! 내 말을 못 믿겠다는 거야?!"

"……너는 믿으라고 말하지만, 네 행동 어디를 신용하면 되는 거지? 실제로 지금도 너는 여신의 단죄 때문에 장갑을 벗지 않고 있지 않은가?"

"이, 이건……."

"여신이 내린 단죄의 증거가 사라지지 않았지? 여신에게 단죄를 받았어도, 나는 너를 믿으려 했다. ……거기에 응하지 않은 건 너야."

"……윽."

"네가 내 신용을 짓밟은 거다. ……그 이전부터 짓밟고 있었던 모양이지만."

자조하듯이 코웃음 치는 사우벨을 보며 아리아는 입술을 깨물었다.

그리고 사우벨을 거들기 위해 이자벨라가 말했다.

"아리아, 그 장갑을 벗거라."

이자벨라의 그 말은 당연했다. 믿으라 말하고 싶다면 그 증거를 내놓아야 했다. 그러자 아리아는 매서운 눈초리로 「싫어!!」 하고 소리쳤다.

"벗겨라!"

이자벨라가 손뼉을 치자 메이드 차림의 세 여성이 아리아를 제압하고 장갑을 벗겼다. 그 손놀림은 훌륭했다. 역시 그녀들도 기사였다.

사태를 지켜보고 있으니 오리진이 마법을 푸는 기척이 느껴졌다. 이전에 단죄의 증거가 보이지 않도록 아리아에게 마법을 걸어두었는데 그것을 푼 것이리라. 힐끔 오리진을 보자 이쪽을 보고 찡긋 윙크를 했다.

저항을 허락하지 않겠다는 듯이 장갑은 순식간에 벗겨졌다. 그곳에서 나타난 것은 팔뚝까지 가득하게 가시나무가 감겨 있는 듯한 멍 자국이었고 그것은 거무튀튀하게 변색되어 있었다.

손가락 끝, 손톱까지도 새까맣게 물들어 있었다. 그 기괴한 모습에 라필리아와 이자벨라가 비명을 질렀다.

자신의 팔을 그러쥐며 아리아는 팔을 감추려 했다. 그러나 결국 그 멍의 면적과 색으로 아리아의 배신은 오히려 증명되었다.

"사우벨은 너를 믿었는데!"

이자벨라는 분노로 눈물을 흘렸다.

"나를 사랑하고 있다면 믿어줘! 나보다 여신의 단죄라는 걸 더

믿는 게 이상하잖아!!"

"너는……."

"하지만 그렇잖아?! 눈앞의 나보다 그저 신앙의 대상인 여신을 믿는다는 거야?! 그런 사람이 어디에 있다고!!"

아리아의 주장에 오리진이 참을 수 없다는 듯이 크게 웃기 시작했다.

주변 사람들은 깜짝 놀라며 오리진을 보았다. 오리진의 정체를 아는 사람들이 보기에 아리아는 여신의 눈앞에서 더할 나위 없는 불경을 저지른 것이다.

"그것참, 눈앞에 있잖아."

오리진이 키득키득 웃자 아리아는 질 수 없다는 듯이 도발했다. 「그 미모로 여신이라고 말할 셈이야?」라며 비웃는 아리아의 모습은 기이한 분위기를 자아내고 있었다.

"나는 이 세계에서 모든 것의 어머니라 불리고 있지. 너를 단죄한 것은 내 언니야."

오리진은 지금까지 감추어두었던 여신의 파동을 해방했다.

공중으로 떠올라 빛을 발하는 오리진의 모습을 목격한 아리아는 망연자실했다.

공중에 뜬 채로 오리진은 사랑스럽다는 듯이 로벨의 머리를 살포시 안았다.

"네가 나의 로벨에게 손을 대겠다고 한다면 용서하지 않을 거야. 그건 사우벨도 마찬가지야. 로벨의 소중한 가족이니까. 너는 이 세계를 다스리는 여신들을 적으로 돌린 거야."

키득키득 웃는 오리진의 모습을 본 자들은 바닥에 무릎을 꿇지 않을 수 없었다.

오리진의 힘에 압도되고 경외를 느낀 자들은 차례차례 무릎을 꿇고서 식은땀을 흘렸다.

점점 창백해져 가는 주변 사람들의 안색에 엘렌은 「어머니」 하고 말을 걸었다.

"주변에 영향이 생기고 있어요."

"어머나, 이런. 미안해."

우후후 하고 웃자 주변 분위기가 순식간에 달라졌다. 오리진은 허공에 떠서 로벨의 머리를 끌어안은 채였다. 로벨은 소중하다는 듯이 오리진의 허리에 팔을 둘렀다.

그 모습을 눈도 깜빡이지 못하고 멍하니 보고 있던 아리아는 덜덜 떨기만 할 뿐 아무런 말도 하지 못했다.

"너는 자신을 사랑하고 있다면 무슨 짓을 해도 용서받을 거라고 생각하는 모양이네. 그게 사랑이라고 호언하며 다른 남자의 사랑을 찾은 거야. 사우벨은 너를 한결같은 마음으로 사랑했는데, 너는 다른 남자에게 동정과 관심을 받기 위해 귀족의 후처라며 야유받는 처지를 이용하고 불쌍한 자신을 연기한 거지."

"…………."

"언니는 이렇게 되리라는 걸 알고 있었어. 그래서 네게 경고를 했던 거야, 멍청이 씨. 그런데 너는 여신조차 무시를 하는구나."

오리진의 말에 아리아는 히익 하고 숨을 삼켰다. 자신이 무슨 짓을 했는지 겨우 이해한 모양이었다.

“게다가 너는 여신 중에서도 가장 화나게 해서는 안 될 아이를 화나게 했어. 좋아하는 숙부님의 목숨을 노렸으니, 어쩔 수 없는 일이지.”

아리아는 퍼뜩 놀라며 엘렌을 보았다. 엘렌의 분노는 가라앉을 줄을 몰랐다. 다만, 목숨만은 빼앗지 않도록 주의하여 힘을 해방했다.

“엘렌?!”

갑작스럽게 해방된 엘렌의 힘에 모두가 놀랐다. 놀라지 않은 것은 오리진뿐이었다.

엘렌은 아직 어리지만 여신이었다. 원소를 관장하는 엘렌은 사물을 구성하는 원소에 작용하는 것도 가능하다. 그 마이크로 세계는 모든 정보를 바탕으로 한다. 그 정보를 조작하여 바꾸는 것이다. 팔에 감겨 있는 여신의 단죄. 엘렌은 그것조차도 풀어내어 조작해 보였다.

아리아의 팔에 감겨 있던 가시나무가 스멀스멀 아리아의 몸을 기어 뻗어갔다. 벌레가 기어가는 것과도 닮은 그 움직임에 아리아는 비명을 질렀다.

계속해서 가시나무는 꿈틀댔고 가슴께가 드러난 옷을 입고 있던 아리아의 온몸을 기어가는 것을 알 수 있었다. 목덜미를 감듯이 가시나무가 꿈틀댄 후 겨우 움직임이 멈추었다.

아리아의 얼굴만을 남기고 온몸이 새까맣게 물들었다.

"안 돼애애애애애!!"

아리아의 절규에 다른 이들도 몸을 부들부들 떨었다.

대체 무슨 일이 일어난 것이냐며 주변 사람들은 놀라 넋을 잃었다.

"엘렌…… 너, 언니의 단죄에 간섭한 거니?"

설마 이렇게 될 거라고는 생각하지 못한 오리진이 반쯤 놀라며 묻자, 엘렌은 흥 하고 거친 숨을 내쉬었다.

"저는 원소를 관장하는 자. 균질화해서 미소 입자가 되지 않은 것만으로도 감사하게 생각해주세요!!"

"균질화……?"

로벨이 갸우뚱하고 고개를 기울였다.

아, 그만 전문용어를 쓰고 말았다며 엘렌은 고쳐 말했다.

"갈아 뭉개고 마구 저어서 질척질척해지지 않은 것만으로도 감사하게 생각해주세요!!"

그 말을 들은 아리아는 거품을 물고 기절했다.

엘렌의 『뭉개버리겠습니다』의 의미를 이해한 모양이었다.

"……엘렌, 물리적으로는 안 된단다?"

"안 해요! 참았어요!!"

"장하네~."

오리진은 착하다 착해 하고 엘렌의 머리를 쓰다듬었다.

그 옆에서 로벨이 「엘렌의 물리력은 무서워……」라고 중얼거리는 말이 들렸다.

*

기절한 아리아를 격리하고 사우벨은 여전히 울고 있는 라필리아를 줄곧 안아주었다.

사랑스럽다는 듯이 안아주는 그 팔에 매달리는 라필리아를 보고 엘렌은 미안함을 느꼈다.

그런 짓을 했다고 해도 아리아가 라필리아의 어머니라는 사실에는 변함이 없었다.

"……라, 라필리아……."

엘렌이 마음을 다잡고 라필리아를 부르자 라필리아는 움찔하고 어깨를 떨었다.

앞으로 아리아는 만나는 모든 사람에게 이상하게 여겨지리라.

사우벨은 그것만으로 충분하다며 더는 추궁할 마음이 없다고 했다. 그것은 다른 의미에서 아리아를 가엾게 여겼기 때문이었다.

엘렌의 부름에 라필리아는 눈물을 몇 번이나 훔치며 어떻게든 눈물을 멈추려 했다.

"저, 저기……."

말을 망설이는 엘렌에게 라필리아가 먼저 분명하게 말했다.

"……엘렌, 미안해…… 나, 제멋대로 엘렌을 원망했어……."

"어?"

라필리아의 말에 엘렌은 어리둥절해했다. 그러자 라필리아는 자신의 속마음을 밝혔다.

"……나, 엄마 가게에 오는 남자들한테 귀여움을 받았었어. 아빠가 없었던 적이 많았으니까 자주 놀아주거나 했었어……."

라필리아의 말에 사우벨이 괴로운 얼굴을 했다. 아기엘에게 휘둘리며 경제적으로 어려워진 영지 경영에 쫓겼던 배경이 있어서 라필리아들에게 신경을 쓰지 못했던 것이다.

"지금 생각하면, 엄마가 이상해진 걸 알겠어. 나, 겨우 알았어…… 엄마, 미움받아도 당연해…… 나도 똑같은 짓을 한걸……."

라필리아는 학원에서 들었던 말을 떠올렸다. 자신들의 행동이 어찌 보였을지, 주변 평가의 진의를…….

"아빠에게 반항하려고 공부를 소홀히 했어. 그랬으면서, 귀여움을 받는 게 당연하다고 생각해서…… 모두가 엘렌, 엘렌 하는 걸 질투했었어……. 질투할 자격 같은 건 없었는데."

코를 훌쩍이며 라필리아는 말을 계속했다.

"전부 엘렌이 나쁜 거라고, 내가 귀여움받지 못하는 것도, 친구가 생기지 않는 것도 전부……. 전부 내가 나빴던 건데……."

훌쩍훌쩍 흐느끼는 라필리아에게 엘렌은 이제 괜찮다고 말했다.

"라필리아, 그만 됐어. 라필리아는 제대로 깨달았는걸. 사과하는 건 용기가 필요한 일이야. 라필리아는 용기가 있어."

"……엘렌?"

엘렌의 말에 순간 깜짝 놀랐지만 이내 라필리아의 눈에는 눈물이 그렁해졌다.

"하지만…… 하지만! 나 이미 모두에게 미움받는걸!! 친구가 이제 한 명도 없어……!!"

라필리아가 으아아아앙 하고 울음을 터뜨리자 엘렌은 라필리아의 손을 잡고 방긋 웃었다.

"저기 말이야, 제대로 사과를 받고 나면 거기서부터 새로워지는 거야. 그러니까 있지, 우리는 이제 친구야. 그렇지?"

"훌쩍…… 치, 친, 구……?"

"그 이전에 피로 이어져 있는걸? 친구보다도 깊은 인연이야!"

사촌 자매야! 그리 말하며 방긋 웃자 라필리아는 이번에는 엘렌을 끌어안고 울었다.

그 등을 쓰다듬어주고 주변을 휙 둘러보자 주변 사람들도 감동을 받았는지 눈물을 흘리고 있었다.

"라필리아, 잘됐구나."

사우벨이 미소 지었다. 그러나 엘렌은 자신 역시 사죄해야 한다며 라필리아에게 사과했다.

"엘렌……?"

"아리아 숙모님은 라필리아의 어머니인데…… 나……."

"엘렌."

엘렌의 말을 사우벨이 막았다. 싱긋 웃은 사우벨은 고맙다고 말했다.

"엘렌은 내가 살해당할 거라고 생각해서, 나를 위해 화내준 거잖니? 엘렌은 아리아를 죽일 수도 있었어. 하지만 굳이 그러지 않고 단죄를 키우는 데서 끝냈지. 그것은 감사해야만 할 일이야. 아리아의 목숨을 끊지 않는 정도에 그쳐줘서 고맙다."

"사우벨 숙부님……."

엘렌의 눈물을 글썽였다. 엘렌과 라필리아는 사우벨에게 함께 매달려 울었다.

"어머나, 사우벨 인기가 많네."

오리진이 웃으며 말하자 그 옆에서 로벨이 엘렌을 빌려주는 건 이번뿐이라며 삐친 얼굴을 하고 있었다.

"하지만 사우벨…… 멍청이 씨는 그걸로 된 거야?"

오리진의 말에 사우벨은 엘렌과 라필리아를 꼭 안은 채 고개를 끄덕였다.

"네. 저와 라필리아…… 그리고 집안에 간섭하지 않는다면 이 이상은 바라지 않습니다."

아리아는 시정으로 돌려보내질 것이다.

그러나 얼굴 이외의 피부는 두 번 다시 드러내지 못하리라. 단죄의 가시나무가 거무칙칙하게 감겨 있다. 앞으로는 사람들 눈을 신경 쓰며 지내야만 한다.

게다가 이 장면을 여신들은 지켜보고 있었는지, 사법국을 통하기 전에 이미 아리아는 여신에게 단죄받아 남성에게는 접근할 수 없게 되었다.

사우벨로서는 이 부분이 가장 속 시원했던 모양이었다.

이 세계를 다스리는 여신에게 단죄받았다고 한다면 교회에 아리아를 맡길 수도 없다. 교회에 알려지면 그야말로 아리아를 죄의 증거로써 처형하려 하리라.

사우벨과 아리아의 이혼은 서면만으로 조용히 진행되게 되었다.

"그래…… 그럼 됐어."

오리진은 싱긋 웃더니 이어서 엘렌에게도 웃어 보였다.

"자~ 그럼. 엘렌! 축하 파티하자!!"

오리진의 갑작스러운 발언에 주변은 무슨 소리냐며 놀랐다.

갑자기 무슨 말이냐면서 로벨이 당혹스러운 얼굴로 묻자 오리진은 기뻐하면서 말했다.

"엘렌이 여신의 힘에 눈떴는걸~~! 정령계가 온통 축제 분위기야~!!"

오리진의 말에 주변에 있던 이들이 깜짝 놀랐다.

"……여신?"

"엘렌은 원소의 정령. 그것은 정령으로서 관장하는 힘에 지나지 않아. 그것보다도, 엘렌에게는 여신으로서의 힘이 있어. 게다가 불가능할 터인 언니의 힘에도 간섭해버리다니!!"

"여신으로서의 힘……?"

"엘렌은 물질을 관장하지. 그것은 존재하기 위해 필요한 요소. 엘렌, 너는 『존재』를 다스리는 거란다. 역시 내 딸이야."

"조, 존재……?"

"인식하려면 눈에 비치는 것이 필요해. 실감하는 것도 필요하지. ……이제 알지?"

엘렌은 전자 신호조차도 조종할 수 있다. 조금 전 아리아에게 걸려 있던 단죄의 증거에 간섭했던 것처럼…….

인간의 물질에 간섭하고, 그리고 기억도 조작할 수 있다는 것은 『존재』를 지우는 것도 간단하다는 뜻이다.

"……저는."

"엘렌, 그게 여신이란다."

망연해하는 엘렌에게 오리진이 말했다.

오리진은 모든 것을 낳은 부모이다. 엘렌은 그 딸로서 존재하는 모든 것을 증명하고 그것을 부정할 수 있었다.

잊혔을 때야말로 『죽음』이다. 엘렌은 죽음을 관장하는 여신이었던 것이다.

오리진에게 들은 말을 머릿속으로 반추했다.

인간으로서 존재하고, 그리고 죽었다고 하는 인식이 있는 만큼 엘렌 안에서 공포가 크게 부풀어 올랐다.

그 사실을 가장 먼저 눈치챈 오리진은 사우벨에게서 엘렌을 넘겨받은 뒤 안아 들었다.

"엘렌, 너는 인간으로서의 감각을 갖고 있기 때문에 공포를 느끼는 거지?"

"……네."

"인간과 정령은 같은 말이라 해도 개념이 다르다는 건 아니?"

그 말에 고개를 끄덕이자 그럼 괜찮다며 별일 아니라는 듯이 웃었다.

"내가 직접 낳은 아이인걸. 나와 정반대의 의미를 관장할거라고 생각하고 있었어. 그래서, 나는 엘렌을 고른 거야."

한순간 오리진의 말을 머리가 거부했다.

그 의미는—.

"어머니, 알고……."

"후후후. 그게, 내가 낳은 아이인걸? 엘렌은 내가 고른 거야."

엘렌은 아연실색했다. 오리진은 엘렌이 전생했고 그 기억을 갖고 있다는 사실을 알았던 것이다.

아니, 오리진은 굳이 그렇게 했던 것이리라. 로벨의 몸을 다시 만들었을 때 그 영혼조차도 자유자재로 다루었었다.

"어째서……."

"엘렌의 그건, 엘렌 자신의 증명이 되는 거야. 그걸 공유하고 있었기 때문에 그 힘을 관장하지. 인간의 감각이 있는 탓에 무서울지도 모르지만, 정령으로서의 의미는 전혀 달라진단다."

"…………."

"너의 그건 『정화』라는 의미야. 나는 낳을 수는 있지만, 그 성장을 지켜볼 수밖에 없어. 성장 과정 중에 그것이 뒤틀려 버리거나 다른 것들에 악영향을 주는 존재로 바뀌어버리는 일도 있지. 왕가의 저주처럼 말이야. 하지만 나로서는 그걸 어찌할 수 없단다."

정령이라고 해서 뭐든 가능한 것은 아니다. 하나의 특성을 관장하는 존재는 다른 일은 할 수 없다.

"그래서 엘렌이 태어난 거야. 너의 그건, 이 세계를 매끄럽게 소생시키기 위해 필요한 거야."

"정화……?"

"그래. 다른 자를 돕기 위해 필요한 것. 너는 내 딸. 이 세계의 관리자, 그게 여신이야."

오리진의 말이 머릿속에서 빙글빙글 소용돌이쳤다.

오리진과는 정반대의 의미를 가진 정령이라고 생각했는데, 그 의미 개념은 달랐다.

분명 정화된 쪽에서 보자면 그것은 『죽음』을 의미하리라.

그러나 그것은 받는 쪽의 이야기다. 관리자인 여신 쪽에서 본다면 그것은 분명 『정화』였다.

"어머니……."

"혼란스러운 건 알아. 원래대로라면 눈을 뜨는 건 훨씬 훗날이었을 테니까. 얼마 전에 위험한 지경에 다다라버려서, 본능적으로 힘이 깨어난 거겠지."

오리진은 엘렌의 머리를 쓰다듬으며 괜찮단다 하고 미소 지어주었다.

감싸는 듯한 포옹에 엘렌은 몸을 맡겼다. 줄곧 혼자 끌어안고 있었던, 누구에게도 말하지 못했던 것이 실은 여신으로서의 요소였으리라고는 생각도 못 했었다.

자신이 어째서 전생하고 말았는지 줄곧 의문으로 여겼다.

어째서 과거의 기억이 있는 것인지. 원소를 관장하는 데 기억이 관계하고 있으리라 믿기는 했지만 그것은 여신으로서 필요한 것이었다.

너무 놀란 나머지 눈물은 멈추었다. 그러나 가슴속 응어리가 조금 가벼워지는 느낌이 드는 한편, 여신으로서의 무게가 다시 묵직하게 어깨 위에 놓인 듯한 착각이 들었다. 무심코 오리진에게 몸을 완전히 맡기고 말았다.

걱정스레 지켜보고 있던 로벨이 그 모습에 허둥댔다.

"오리! 엘렌은 괜찮은 거야?!"

"괜찮아. 여신으로서 눈뜬 힘에 마음이 아직 따라가지 못하는 거야. 이건 이제 시간이 해결해줄 거야."

오리진은 엘렌을 꼭 끌어안았고 로벨은 엘렌의 머리에 입을 맞추었다.

엘렌의 몸 상태를 걱정하여 일단 정령계로 돌아가겠다고 로벨이 말했다.

"알았습니다. 서로, 상황이 진정되면 다시 보죠."

"그래. ……그 손, 이제 놓으면 안 된다."

로벨의 말에 사우벨은 품에 안고 있는 것을 소중하게 다시 끌어안으며 고개를 끄덕였다.

그리하여 이 파란은 겨우 막을 내렸다.

제27화 이면의 진실

며칠 후, 서로 상황이 진전되었을 무렵에 엘렌은 다시 저택을 찾았다. 라필리아와 함께 손을 잡고 정원에서 놀았다. 그 뒤쪽에는 카이와 반, 그리고 여러 명의 메이드가 붙어 있었다.

같은 나이의 동성 친구가 지금까지 없었던 만큼, 엘렌은 이상할 정도로 흥분해 있었다.

라필리아는 엘렌보다 키가 커서 마치 언니 같았다. 라필리아도 그렇게 느끼고 있는지 엘렌을 어딘가 여동생처럼 대하는 모습이 때때로 드러났다.

라필리아는 밖에서 하는 놀이를 잘했다. 원래 시정에서 놀며 자랐기 때문에 실내에서 보드게임이나 카드 게임, 너클 본으로 노는 것보다 밖에서 뛰어다니며 노는 편이 성격에 맞는 모양이었다.

무엇보다 이자벨라에게 붙들려 자수를 놓아야 하는 것이 싫다고 라필리아가 속내를 털어놓았다.

"엘렌은 지금까지 무얼 하고 놀았어?"

"그게…… 반 군을 복슬복슬했어!"

엘렌의 말에 곧바로 짐승 모습으로 변한 반이 당당히 버티고 섰다. 그 모습은 매우 자랑스러워하는 듯했다.

"라필리아도 복슬복슬할래?"

"복슬……?"

폭신폭신한 반의 털에 파묻힌 엘렌을 보고 라필리아는 꿀꺽 침을 삼켰다.

반은 미간에 주름을 잡고서 라필리아를 향해 날카로운 시선을 보냈다.

마침 사각이 되어 있어 엘렌은 그러한 상황을 눈치채지 못했다.

"나는 무리 아닐까……?"

"응? 어째서?"

"그게 그 녀석, 엄청나게 싫어하는 것 같은데."

그렇게 말하며 반을 가리키는 라필리아의 시선 끝을 보기 위해 엘렌은 빙글 방향을 바꾸었고, 무시무시한 얼굴을 한 반을 보고 놀랐다.

"반 군, 싫은 거야?"

"크윽……. 싫으냐고 물으신다면 싫습니다."

"어째서?"

놀라며 고개를 갸웃거리는 엘렌을 보며 반은 말하기 어려운 듯 망설였다.

"라필리아 님이 이전에 엘렌 님을 울렸기 때문이 아닐까요?"

"뭐……?"

카이의 말에 엘렌과 라필리아가 당황해서 목소리를 높였고 반이 그 말대로라며 소리쳤다.

"계집애 주제에 공주님을 울린 일을 잊었다고는 하지 않겠지?!"

"뭐어?! 어, 언제를 말하는 건데?!"

라필리아가 명백하게 잊고 있었다는 반응을 보이자 반의 분노가 확 치솟았다.

그러나 그런 반응도 개의치 않고 라필리아는 다부지게 대꾸했다. 그런 라필리아에게 카이가 대답해주었다.

"당신이 유괴되었을 때입니다."

"어…… 그때는 나도 무서워서 울었는걸……."

"나, 울었던가?"

장본인이 당황하며 고개를 갸웃거렸다.

"이것 보라는 듯이 공주님에게 가슴 크기를 자랑했던 일을 잊은 것이냐?!"

"뭐……?"

반이 크왕! 하고 짖은 순간, 다른 이들은 놀라 어안이 벙벙해졌다.

"아, 아, 아……."

얼굴이 잘 익은 사과처럼 새빨개진 엘렌이 눈물을 글썽인 채 소리쳤다.

"반 군 바아아보오오!"

엘렌이 얼굴을 양손으로 가리고 웅크려 앉자 반은 깜짝 놀랐다.

"너…… 최악이야."

옆에서 카이가 조그맣게 중얼거렸다.

"고, 공주님?! 저는 바보가 아닙니다!"

"우와아아아앙!"

진심으로 울음을 터뜨린 엘렌을 보고 어찌할 바를 몰라 하던 반이 문득 고개를 들자, 주변에 있던 라필리아와 메이드들이 눈에서 살기를 내뿜고 있었다.

반이 경계하며 털을 쫙 세웠다.

"네가 엘렌을 울리면 어쩌자는 거야?!"

"내가 공주님을?! 공주님! 공주님?!"

꼬리를 축 늘어뜨리고 엘렌 주변을 빙글빙글 돌며 당황하는 반을 라필리아가 「저리 가!」라면서 쫓아냈다.

"흐에엥."

훌쩍이며 울고 있던 엘렌을 라필리아가 당겨 안았다.

"엘렌 미안해. 나 조금 기억났어……."

"……나도 울었던 게 기억났어요……. 그리고 지금 너무 창피해……."

눈물을 조금 흘린 모양이었다. 엘렌은 눈물을 참으려 애쓰며 눈가를 문질렀다.

라필리아가 조금 곤혹스러워하면서도 「그때는 미안했어」라고 말한 뒤 엘렌의 머리를 쓰다듬었다.

고개를 들자 곤란한 듯한, 풀이 죽은 라필리아가 보였고 엘렌도 「미안해」 하고 사과했다.

"어째서 엘렌이 사과하는 거야?"

그리 말하며 키득키득 웃는 라필리아에게 이끌려 엘렌도 웃었다.

"엘렌은 웃으면 엄청나게 귀엽구나. 아직 몸이 작을 뿐이니까, 조만간 커질 거야."

"응…… 그러면 좋겠지만……. 나는 정령이라서 몸이 커지지 않을지도 몰라."

"뭐?"

"그러니까, 라필리아는 좋겠다……."

서로 안고 있는 두 사람의 시선은 머리 두 개 정도의 차이가 있었다.

엘렌의 눈앞에는 라필리아의 커다란 가슴이 있었다. 그것을 부럽다는 양 바라보던 엘렌은 자신의 가슴께로 시선을 옮기더니 현실을 보고 「훗」 하며 애달픈 웃음을 지었다.

"아, 저기, 그……."

라필리아는 어째선지 마음속에서 몹시 기쁜 듯한, 부끄러운 듯한 이상한 감정이 끓어오르는 것을 느꼈다.

"저기, 엘렌, 내가 부러워……?"

라필리아가 뺨을 붉히며 조심스럽게 묻자, 엘렌은 어리둥절해하다가 퍼뜩 라필리아의 가슴을 보더니 「응!」 하고 힘주어 고개를 끄덕였다.

"커다란 거, 멋져."

"에엑!"

"성인 여성! 이라는 느낌이야! 나는 늘 어린애 취급인걸…… 조금은 어른 대우를 받고 싶어."

선이 가는 사람도 성인 여성이라고 느끼지만 엘렌의 경우엔 생전 세계에서 절망적일 정도로 체격이 작은 데다 동안이었다.

남의 떡이 커 보이는 현상이라고 생각하지만 이것만큼은 그저 불만을 거듭해온 엘렌의 역사인지라 어쩔 수 없었다.

"어른 대우라니…… 엘렌도 나도 아직 어린애인데?"

라필리아에게 아직 성인이 아니니까, 라는 말을 듣고 엘렌은 순간 당황한 얼굴을 했다.

"그것도…… 그런가."

"그런 거야. 게다가 큰 것도 힘들어. 어깨는 결리지, 잘 때 아프고 답답한걸."

"어? 그런 거야……?"

몇 킬로그램이나 되는 물주머니가 폐 위에 있는 셈이니 그것도 그러려나 하고 엘렌은 신묘한 얼굴을 했다.

"원피스를 입으면 살쪘어? 라는 말을 듣기도 해."

"뭐?! 너무해!"

"그리고 있지, 성장통이……."

"에에엣……?! 그, 그렇게 아파?"

어느샌가 엘렌과 라필리아가 사이좋게 소곤소곤 속삭이며 놀라거나 웃거나 했다.

멀리서 지켜보던 카이와 반은 어안이 벙벙해졌고 메이드들은 안심한 얼굴로 기뻐했다.

어느 틈엔가 라필리아와 정신없이 이야기를 나누었다는 사실을 깨달은 엘렌은 그러고 보니 다른 사람들도 있었다는 사실을 떠올리고 주변을 둘러보았다.

"어라? 반 군?"

그곳에는 귀와 꼬리를 축 늘어뜨리고 팔자 눈썹을 한 채 풀 죽어 있는 반이 있었다.

"저 녀석은 메이드들에게 단단히 혼났어."

"아……."

여성을 적으로 돌린 결과라고 한다면 어쩔 수 없다는 생각도 들었다. 그러나 반은 엘렌이 울었던 이유를 그저 말했을 뿐, 악의가 있는 것은 아니었다.

엘렌은 그 점을 이해하고 있어서 반에게 사과했다.

"반 군, 바보라고 해서 미안해."

"아, 아뇨, 저야말로 공주님 기분도 생각하지 않고……. 죄송합니다."

"화해하자!"

"그래도 괜찮은 겁니까?!"

반과 엘렌은 이마를 콩 맞대고 부비부비 문질렀다.

그 모습을 본 라필리아가 조금 부럽다는 듯이 말했다.

"사이가 좋구나."

"응! 반 군이랑은 태어났을 때부터 함께였어!"

"뭐……? 동갑이야?"

깜짝 놀란 라필리아의 말에 엘렌도 놀랐다.

"아닙니다. 제가 공주님보다 조금 연상입니다. 인간계의 나이로 치면…… 열여덟 정도일까요?"

"이 중에서 제일 연상인가."

"훗. 그렇다. 부러워해라. 애송이."

카이의 놀란 목소리에 흐흥 하고 코웃음을 치는 반. 카이는 그런 반에게 차가운 시선을 보내며 말했다.

"제일 연상이 엘렌 님을 울려서 어쩌자는 거냐."

"네, 네놈!"

계약한 사이이건만 카이와 반의 대화는 변함이 없었다.

"저쪽은 저쪽대로 싸움을 시작했는데?"

"카이 군과 반 군은 언제나 이래."

"뭐? 그런 거야? 그럼 그건가? 싸울 만큼……."

라필리아가 거기까지 말한 것이 들렸는지 반과 카이가 한목소리로 반론했다.

—사이좋지 않아! 라고.

*

그 일이 있고 난 후로 엘렌과 라필리아는 단숨에 친해졌다.

엘렌도 라필리아도 웃는 얼굴을 하고 있으니 저택이 단숨에 화사한 느낌이 되었다. 그 모습에 사우벨과 이자벨라가 매우 기뻐했다.

그러나 엘렌은 눈치채고 있었다. 때때로 라필리아의 표정이 흐려진다는 사실을…….

정원에서 현관으로 돌아와 분수 가장자리에 앉아서 둘이 쉬고 있을 때였다. 엘렌은 라필리아의 얼굴이 갑자기 어두워졌다는 것을 깨달았다.

"……라필리아?"

"아, ……괜찮아. 아무것도 아냐."

쓴웃음을 지은 라필리아는 아직 무리를 하고 있는 듯했다. 때때로 아리아를 떠올리는 것이리라.

"……숙모님 일이 신경 쓰여?"

"어?! ……응."

고개를 끄덕이는 라필리아에게 엘렌은 신경 쓰이는 게 당연하다며 웃어 보였다.

"아리아 숙모님은 라필리아의 엄마인걸. 그 사실은 절대 변하지 않아."

"……응."

어쩌면 만나고 싶은 것인지도 모른다. 에둘러 삼촌에게 상담해봤어? 하고 묻자 말하지 못하겠다는 답이 돌아왔다.

"만나고 싶지만…… 만나는 게 무서워."

"……응."

"아빠도 용서해주지 않을 테고……."

"하지만, 라필리아의 엄마잖아."

"응……."

"그럼 내가 같이 가줄게!"

"……뭐?"

"만나고 싶잖아? 만나러 가자! 다들 걱정할 테니까, 그 부분은 확실하게 얘기하지 않으면 안 되지만. 맡겨둬!"

엘렌은 아리아를 만나러 가겠다는 말을 듣고 당황한 사우벨들을 말로 꺾고서 라필리아를 재촉했다.

마차를 준비해 로벨들과 함께 올랐다. 기분 탓인지 엘렌과의 언쟁에서 진 로벨들은 녹초가 된 것처럼 보였고, 그 모습에 라필리아가 「엘렌 대단해!」라며 눈을 반짝반짝 빛냈다.

로벨들은 조금 떨어져 마차 안에서 지켜보고 있기로 했다. 엘렌과 라필리아에게는 카이와 반이 붙었다.

아리아의 본가 앞에 도착하자 엘렌은 라필리아와 손을 맞잡고 마차에서 내렸다.

라필리아는 각오를 다지듯 꿀꺽 침을 삼켰다.

그랬다. 이것은 라필리아가 앞으로 나아가기 위해 필요한 일이다.

"……어라?"

하지만 곧바로 이변을 눈치챘다.

식당을 하고 있어 손님들로 북적여야 할 집은 고요했고 그 누구의 모습도 보이지 않았다.

"엄마……?"

조심스레 문을 열자 그곳은 텅 비어 있었다.

물건은 여기저기 널브러진 채 방치되어 있었다. 안에서 누군가가 날뛴 듯 가구도 쓰러진 채였다.

"엄마?! 할아버지, 할머니!"

라필리아는 차례차례 문을 열어 방 안을 살피며 아리아를 찾았지만 그녀만이 아니라 식당을 경영하던 아리아의 부모님 모습도 보이지 않았다.

"어째서……?"

멍하니 선 라필리아를 부르자 라필리아는 울상이 되어 이쪽을 보고 엘렌에게 안겼다.

라필리아의 등을 쓰다듬으며 달래고 주변을 살펴보니 야반도주를 했다는 것을 알 수 있었다.

사우벨에게 상황을 보고하고 조사를 부탁하자며 라필리아를 설득한 후, 그만 돌아가자고 제안했다.

라필리아는 울면서 고개를 끄덕였다.

뒤에서 대기하고 있던 카이는 상황을 눈치챈 듯 입을 다문 채 미간을 좁히고 있었다.

반은 무슨 일이 일어났는지 따위에는 흥미가 없는지, 그저 주변을 두리번두리번 둘러보고 있을 뿐이었다.

그러나 순간 반이 움찔하며 주변을 경계했다.

누군가가 있다면서 입구 문을 열자 그곳에는 후드를 뒤집어쓴 소녀가 한 명 서 있었다.

"……너, 어째서 여기에?"

소녀는 진심으로 불쾌하다는 듯이 라필리아를 보았다.

그 목소리에 소녀가 누구인지를 눈치챘는지 라필리아는 찌릿 상대를 노려보았다.

"너야말로, 어째서 여기 있는 거야?! 여기는 내 집이야!"

"알아. 확인하러 왔을 뿐이야."

무슨 확인이냐며 의아해하고 있을 때 카이도 상대의 정체를 눈치채고 엘렌을 등 뒤로 감추었다.

엘렌 앞을 카이와 반이 가로막고 섰다. 그것을 상대도 눈치챈 모양이었지만 신경 쓸 것도 없다는 듯 라필리아에게 웃어 보였다.

"아아, 역시…… 네 어머니는 도망쳤구나."

진심으로 즐겁다는 듯이 말하는 소녀에게 라필리아는 충격을 받은 얼굴을 하며 「도망쳤다고……?」라고 중얼거렸다.

"어째서 너는 아직 여기에 있는 거지……? 역시 후계자라서 남겨둔 건가? 아아, 싫다. 너도 네 어미와 함께 떨어져 나갔다면 좋았을 텐데."

진심으로 싫다는 듯 소녀는 라필리아에게 그런 말을 던졌다.

어떻게 된 것이냐고 라필리아가 묻자 소녀는 웃으면서 가르쳐주었다.

"네가 멍청해서 정말 다행이었어. 학원에 입학하면, 소문 탓에 기이한 시선을 받게 되는 건 내 쪽이었을 테지. 그 시선을 너한테로 돌렸던 거야. 정말이지 잘도 놀아나 줬지 뭐야!"

아하하하하 하고 웃는 소녀에게 라필리아는 놀라 넋을 잃고 있었다.

"네가 멍청한 짓을 벌일 때마다 소문이 단숨에 퍼졌었지? 그거 말이야, 내 덕분이야. 후후후. 아아, 네 어미가 한 짓도, 마을 사람

모두 이미 알고 있어. 네 어미는 그걸 견디지 못했던 거야."

"너, 너……!"

"모두의 시선을 네게 모이면, 마찬가지로 소문이 돌던 나와 비교되는 게 당연하겠지? 그런 상황에서 내가 얌전하다면? 네게 비판이 더 향하는 거야. 정말, 어찌나 재미있던지!!"

소녀는 키득키득 웃었다. 그리고 귀족이라면 정보를 조작해서 싸우는 것은 기본 중의 기본인데 너는 그걸 배우려고도 하지 않아서 아주 쉬웠다며 말을 이었다.

라필리아는 겨우 자신이 학원에서 고립되었던 전모를 알았다. 반쯤 넋을 잃은 라필리아에게 소녀는 말했다.

"네가 학원에서 퇴학당하고, 겨우 속이 시원해졌는데…… 나, 이웃 나라로 유학을 가게 되어버렸어. 그래서 확실하게 봐두러 온 거야. ……여기는 내가 태어나고 자란 마을이니까."

조금 먼눈을 하고 있던 소녀는 곧바로 표정을 감추었다.

그리고 이제 두 번 다시 만나는 일은 없을 거라 말한 뒤 웃으며 떠났다.

멍하니 서 있던 라필리아는 점점 오열하더니 울음을 터뜨렸다.

엘렌이 라필리아에게 저건 누구야? 라고 묻자 「……아미엘」이라는 답이 돌아왔다.

'아미엘?'

그것은 분명 그 아기엘의 딸이지 않았던가?

그 딸이 어째서 이런 곳에? 하고 엘렌은 아미엘의 말을 다시 떠올렸다.

『학원에 입학하면, 소문 탓에 기이한 시선을 받게 되는 건 내 쪽이었을 테지. 그 시선을 너한테로 돌렸던 거야.』

분명 그렇게 말했다. 학원 내의 소문을 조작해서 라필리아를 본인 대신으로 삼았다는 뜻일까?

엘렌은 라필리아를 걱정하며 말을 걸었다. 그러자 라필리아는 거칠게 눈물을 닦고 아미엘이 나간 문을 노려보았다. 그리고 결의한 듯 말했다.

"이게…… 이게 귀족인 거구나……."

"……라필리아?"

"아빠는 이걸 가르쳐주려고 했던 거였어…… 우리가 속거나 하는 일이 없도록. 하지만, 나는 그것에 반항하고 거부했던 거야……."

눈물을 훔치며 라필리아는 말을 이었다.

"분해……! 반드시 갚아주겠어!!"

울면서도 결의를 다진 라필리아는 아미엘이 사라진 방향을 줄곧 노려보았다.

*

전부 밝히고 속이 시원해진 아미엘은 대기하고 있던 마차에 올랐다.

마차 안에 일행은 없었다. 떨어진 곳에서 호위가 따라오고는 있지만 이 마차 안에는 혼자뿐이었다.

이제부터 이웃 나라로 향한다. 마음의 응어리는 제법 풀렸지만 라필리아가 그 남자 곁에 남은 것은 오산이었다.

배신당하고 절망했다면 좋았을 텐데, 하고 생각하지 않을 수 없었다.

"뭐 됐어…… 이용할 수 있는 건 전부 이용해줄 거야. 그렇죠? 어머니."

아미엘은 키득키득 웃었다.

"기다리세요. 어머니. 이제 곧 아버지와 함께 살 수 있을 거예요. ……그게, 아버지는 영웅인걸요."

마차 안에서 흔들리며 아미엘은 멈추지 않고 웃었다.

第28화 그 후의 반크라이프트가

잠에서 깨어난 리리아나는 부드러운 시트의 기분 좋은 감촉에 진 나머지 잠시 졸았다.

베른드르가의 저택에서 없는 사람 취급을 받아왔던 날들에서 모든 것이 뒤바뀌어, 지금은 반크라이프트 가의 저택에서 아들과 함께 신세를 지고 있다.

아들인 흄은 열여섯이라는 어린 나이에 텐바르 왕도에서 치료사로 일한다.

세월이 흐를수록 세상을 떠난 남편과 닮아가는 흄.

흄이 그 능력을 인정받아 반크라이프트가로 파견되었을 때, 아들이 어머니도 함께하게 해달라고 부탁해준 덕분에 지금 이렇게 살아 있을 수 있었다. 여신께 감사할 일이다.

흄은 정령 치료사로서 왕에게 신임을 받고 있다 들었다. 치료사로서 정상 참작의 여지도 있었을지 모르지만 자신이 그 남자와 혼인을 유지한 채였다면 틀림없이 리리아나와 흄은 지금 여기에 없었을 터다.

잠에서 깬 지 얼마 안 되었을 때 메이드가 방으로 들어왔다.

"안녕히 주무셨습니까, 리리아나 님. 오늘은 날씨가 아주 좋답니다."

"좋은 아침이에요."

시트 교체를 하러 와준 메이드가 세수할 준비를 마치고 기다려 주었다.

리리아나가 감사 인사를 하고 그쪽으로 가 있는 사이에 메이드는 시트를 교체했다.

돌아와 옷을 갈아입는데 준비해준 옷은 코르셋 같은 건 일절 없는 낙낙한 옷이었다. 이 저택에 와서 놀랐던 것 중 하나가 이 옷이다.

몸을 조이지 않도록 배려된 이 옷의 편안함에 놀라자 코르셋은 몸에 좋지 않기 때문이라는 이유를 들려주었다.

귀족이라는 이들은 몸에 부담을 주는 한이 있어도 겉모습을 중시한다고만 생각했었다.

"당주님과 흄 님이 식당에서 기다리고 계십니다. 어서 가시죠."

메이드의 부드러운 미소에 마음이 따뜻해진다.

마주 미소 지으며 감사 인사를 하고 식당으로 함께 향했다.

"안녕하세요. 늦어서 죄송합니다."

"아, 잘 잤나? 오늘은 상태가 좋아 보이는군."

당주인 사우벨이 친절하게 인사에 답해주었다. 이어서 흄이 어머니를 불렀다.

"잘 잤어? 오늘은 정말로 안색이 좋네."

"안녕. 여러분이 잘 대해주신 덕분이야. 하루하루 몸이 가벼워지는 게 느껴져."

"그거 잘됐군."

리리아나의 말에 사우벨이 미소 지었다.

그때 이자벨라와 라필리아도 식당에 나타났다. 매일 함께 아침 식사를 하고 있었다.

이 저택에 온 후로 가족의 아침 식사 자리에 흄과 함께 자리했고, 몇 개월이 지난 지금은 이 광경이 당연한 것이 되어가고 있었다.

처음에는 송구해 덜덜 떨었지만 소중한 아드님을 맡고 있으니 당연한 일이라며 사우벨이 밀어붙였다.

사우벨과 흄이 일 이야기를 나누며 식사하는 모습을 흐뭇하게 지켜보았다.

끼어들지 않고 천천히 아침을 먹고 있는데 사우벨이 라필리아를 불렀다.

“왜요?”

“오후에 엘렌이 놀러 온다더구나.”

“정말?!”

“같이 놀고 싶다면, 오전 공부를 열심히 해야 한다.”

“응!”

사우벨의 딸 라필리아는 엘렌이 놀러 온다는 말을 듣자마자 기쁜 표정을 짓고 식사를 재개했다.

그런 소녀의 모습에 절로 웃음이 나와 미소를 짓고 있다가 라필리아와 눈이 마주쳤다.

“…………”

라필리아는 살짝 뺨을 붉히며 시선을 돌려버리고 말았다.

미움을 받고 있는 것은 아니리라. 쑥스러워하는 것일까?

리리아나는 흄과 함께 손님이라기보다 식구라는 형태로 자리를 잡아가고 있었다.

사우벨의 아내분은 몇 개월 전에 저택을 나갔다는 말을 듣고 조금 마음이 불편했다.

라필리아를 보고 있자면 리리아나는 슬쩍 딸을 갖고 싶다는 마음이 들곤 했다.

자신이 부족한 탓에 아들은 남들보다 일찍 어른이 되려 노력했다.

자랑스러운 면도 있지만 일찌감치 자립해버린 느낌에 쓸쓸함도 들었다.

그런 기분이 같은 여성인 이자벨라에게도 전해진 모양이었다.

이쪽을 보고 있다는 것을 깨닫고 미소 짓자 마주 미소 지어주었다.

“리리아나 씨. 몸 상태는 좀 어떤가요?”

“여러분 덕분에 오늘은 몸이 아주 가볍답니다.”

“어머나, 그렇다면 무리를 하지 않는 범위에서 이따가 정원에서 차라도 함께 어떤가요?”

“네, 기꺼이요.”

기대된다며 즐거워하는 이자벨라의 모습에 이쪽도 기분이 좋아졌다.

그 저택에서는 서로의 속내를 살펴야만 했다. 입도 열지 못하고 방심할 수 없는 주변의 시선. 가시 돋친 말들만 들어야 했던 것이

지금은 마치 거짓말 같았다.

이 저택은 따뜻하고 모두 다정하다.

정말이지 훌륭한 사람들이라며 리리아나는 비교하지 않을 수 없었다.

*

리리아나의 남편은 치료사였다. 14년 전의 몬스터 템페스트로 소집을 받은 남편은 가족과 함께 왕도 바로 옆에 있는 베른드르령으로 이동했다.

이곳은 왕도와의 경계에 있는 학원을 관리하는 일족이 다스리는 곳으로 그 학원을 피난소로 급히 개방했기 때문에 옮겨온 것이다.

남편은 곧장 현지로 향했고 리리아나는 두 살 난 아들과 함께 이 영지에서 남편이 돌아오기를 기다리기로 했다.

그러나 기다리는 동안에도 먹고 살아야 했다. 먹고 살기 위해 일하며 남편이 돌아오기를 기다렸다.

일을 하게 해준 여관에서 청소와 식사 준비를 하던 때, 여관에 들렀던 그 남자와 만났다.

끈질기게 구애를 해왔지만 남편과 아들이 있다고 알리며 계속해서 거절했다.

그러나 그 남자는 그래도 포기하지 않았다. 이혼하라고 압박해 오는 모습에 공포를 느끼던 때 남편에게서 돌아온다는 편지가 왔다.

남편이 무사히 돌아온다. 드디어 만날 수 있다고 생각해 가슴을 쓸어내리자마자, 여관을 찾아온 기사가 남편의 유품이라며 머리카락과 남편의 이름이 새겨진 피에 젖은 동전을 건넸다. 이 동전은 치료사의 증표였다.

남편이 돌아오던 도중에 도적을 만났고 마차에 타고 있던 전원이 살해당했다고 한다.

몸에 지닌 것을 전부 빼앗기던 중에도 남편은 이것만은 지키겠다면서 동전을 꽉 움켜쥐고 있었다.

손가락을 잘라내려 한 흔적이 있었다는 말을 들었다. 그러다 마찬가지로 귀환 중이었던 기사들이 우연히 그곳을 지나갔고 동전만은 지킬 수 있었던 것이다.

순식간에 눈앞이 새까맣게 물들었다. 아무런 생각도 할 수 없었다.

리리아나가 멍하니 있자 두 살 아들이 이쪽을 올려다보며 「아빠는?」 하고 물었다.

터져 나오는 오열에 시야가 눈물로 일그러졌다. 리리아나의 울음소리는 거의 비명에 가까웠으리라. 겁먹은 아들은 잠시 놀랐지만 리리아나가 슬퍼하며 울고 있다는 것을 알았는지, 열심히 「엄마 엄마」 하고 어린 목소리로 불렀다.

어린 아들을 끌어안고서 리리아나는 그날, 하루 종일 울었다.

그러나 울고만 있을 수는 없었다. 남겨진 아들과 함께 살아가야만 했다.

신세를 지던 여관 주인에게 사정을 설명하고 앞으로도 신세를 질 수 없을지 청했다. 그러나 주인은 면목 없다는 얼굴로 「나가 줘야겠어」라는 말을 했다.

몇 번이나 부탁했지만 이야기조차 들어주지 않았고 아들과 함께 쫓겨나고 말았다.

아들을 데리고 일할 곳을 찾아 전전했다. 이 영지를 나갈 수밖에 없다고 생각해 떠나려 했지만 남편을 죽인 도적이 잡히지 않아 밖은 위험하다며 내보내 주지 않았다.

살길이 막막해졌을 때 그 남자가 웃으면서 나타났다.

"……나 씨, 리리아나 씨?"

이자벨라가 부르는 소리에 퍼뜩 의식이 현실로 돌아왔다.

지금은 이자벨라와 함께 차를 마시던 중이었다는 사실을 떠올리고 당황하고 말았다.

"괜찮아요. ……뭔가 고민이라도 있나요?"

이자벨라는 어머니처럼 다정하게 물어봐 주었다.

지금이라면 이야기할 수 있지 않을까?

누구에게도 말하지 못했던 속마음을 조금씩, 추억담처럼 이야기하기로 했다.

14년의 세월은 무의식중에 마음속에서 정리가 된 모양이었다.

스스로 이야기를 꺼낸다면 옛 기억에 사로잡히리라 생각했지만 예상외로 말은 막힘없이 나왔다.

"리리아나 씨, 당신……."

이자벨라는 눈물을 글썽이며 리리아나를 다정하게 끌어안았다.

자신도 남편도 가족은 아무도 없었다. 어머니가 살아 있었다면 이자벨라와 비슷한 나이였을까?

"이제…… 다 지난 이야기예요. 하지만, 어째서일까요? 여기 온 후로 이상하게 자꾸 생각이 나서…… 죄송해요."

"괜찮아요. 겨우 마음이 쉴 수 있다고 생각하기 시작한 거겠죠. 시간이 해결해준다는 건 그런 걸 거예요. 분명……."

몸 상태가 좋아지기 시작했으니 다음은 마음 차례라고, 상처를 치유하려 하는 반동이 아니겠느냐고 이자벨라가 말했다.

그것은 이 따뜻한 곳이 마음까지 치유해주고 있다는 증거였다.

"여기에 있어도 괜찮아요. 나도 있죠, 딸을 갖고 싶었거든요. 하지만 아들만 둘 낳았어요. 후후후."

"네. 아가씨를 보고 있으면, 저도 딸이 갖고 싶어져요."

"어머나, 똑같네요."

"네. 정말요."

둘은 공통점을 찾았다면서 함께 웃었다.

정원 한쪽에 테이블을 놓고 따뜻한 햇볕 아래서 차를 마셨다.

그러던 중에 라필리아와 또 한 소녀의 기운찬 웃음 소리가 들렸다.

“어머나, 엘렌이 왔나 보네?”

서둘러 메이드에게 두 사람을 불러오라고 말하는 이자벨라의 모습이 상당히 들떠 보였다.

의자에서 일어선 이자벨라가 허리를 낮추고 자세를 잡는 모습을 본 후 고개를 갸웃거리고 있으니, 멀리서 「할머님!」 하는 씩씩한 목소리가 들려왔다.

작고, 반짝반짝 빛나는 듯한 머리카락을 가진 여자아이가 이자벨라에게 안겨들며 온몸으로 기쁨을 표현했다.

그 아이는 우리 모자를 구해준 여자아이였다.

둘이서 꼭 끌어안고 기뻐하는 모습은 정말로 보기 좋았다.

“리리아나 님도 안녕하셨나요?”

“안녕하세요. 엘렌 아가씨.”

작은 여자아이가 치맛자락을 잡고서 인사하는 모습이 귀여웠다.

뒤에서 숨을 몰아쉬며 달려온 라필리아가 「엘렌!」 하고 조금 화를 냈다.

“두고 가다니 너무해!”

“아, 미안해. 할머님과 만난다는 생각에 그만…….”

두 소녀는 같은 나이라고 들었는데 그 모습은 자매로 보일 만큼 키 차이가 났다.

뺨을 부풀리는 라필리아를 달래려 하는 어린 여자아이들의 대화가 귀여웠다.

무심코 후후후하고 웃고 있을 때 이자벨라가 우리 손녀들 귀엽죠? 하고 물었다.

"네. 무척이나요."

아주 평온하고 흐뭇한 광경이 펼쳐져 있었다.

이 상냥한 분위기가 오랜 아픔을 지워주고 있다.

마음의 정리에는 시간이 걸릴지도 모르지만 언젠가 반드시…….

'옛 생각에 슬퍼하는 건, 이제 그만해야지…….'

아들도 말하지 않았던가.

과거에 얽매이는 것은 그만두자고.

"……리리아나 씨?"

이자벨라의 걱정스러운 목소리가 옆에서 들려왔다. 왜일까 생각하며 눈을 깜빡인 순간, 눈물이 툭 떨어졌다.

"……어머나."

허둥지둥 눈물을 닦았으나 눈물은 멈추지 않고 흘러나왔다.

"괜찮아요. 지금은 울어도 돼요. 몸이 그러기를 바라고 있는 걸 테죠."

이자벨라가 어깨를 안아주었다. 그러자 둑이 무너진 것처럼 눈물이 넘쳐 나왔다.

정원에서는 아이들의 웃음소리가 들려왔다.

이자벨라에게 다정하게 안겨 따스한 햇볕 아래에서 리리아나는 계속 울었다.

*

리리아나가 반크라이프트가에서 요양하게 된 지 반년이 지났을 무렵에는 열이 나는 일도 없어지고 점점 생활에 지장이 없을 정도로 움직일 수 있게 되었다.

얼마 전에 흄에게 몸을 움직이는 훈련을 하라는 말을 들었다.

"공주님이 해준 말인데, 재활이라고 한다나 봐. 적당한 운동은 중요하대."

몸을 천천히 움직이는 동작으로, 방 안에서 할 수 있는 운동이라는 것을 배웠다.

메이드도 흥미진진해하며 함께 해주었는데 대화를 나누면서 즐겁게 할 수 있다는 이점이 있었다.

재활 덕분에 몸의 움직임이 점점 예전으로 돌아가는 느낌이 들었다.

기뻐하며 그 사실을 전하자 보행도 시작해보라는 제안을 받았다. 그렇다고 해도 처음에는 근처를 산책하는 정도였다. 그 정도라고 해도 초반에는 금방 숨이 찰 만큼 몸은 말을 들어주지 않았다. 하지만 계속하는 사이에 점점 걸을 수 있는 거리가 늘어났다.

리리아나는 그것이 기뻐서 의욕적으로 열심히 재활을 하게 되었다.

"공주님이 말해준 건데, 이 적당한 운동은 미용에도 좋대."

흄의 이 말은 메이드들을 통해 저택 전체에 퍼져나갔다.

리리아나와 함께 산책을 하고 싶다고 청하는 메이드가 늘어난 것은 애교라 할 수 있었다.

결국에는 소문을 들은 이자벨라까지 더해져 여성진이 줄줄이 저택을 배회하는 모습이 목격되었다. 그 모습을 본 저택의 남성진들은 무슨 일이냐며 깜짝 놀랐다.

이 정도로 체력이 회복되었으니 이제 괜찮으리라 생각한 리리아나는 흄과 상의를 했다.

"……그럼, 예정대로 치료원과 가까운 집으로 이사할까? 사택, 이라는 게 있대. 이 영지는 바쁘지만, 정말로 일하기 편해."

"나도 뭔가 도울 수 있는 게 있을까?"

"치료원은 늘 일손이 부족하니까, 어머니라도 충분히 할 수 있을 거야."

"정말? 기쁜걸."

설마 아들과 함께 일을 할 수 있는 날이 올 줄 몰랐다면서 리리아나는 기뻐했다.

남편이 살아 있었을 때 남편의 환자를 돌보았던 것은 리리아나였다. 치료원 청소와 식사 준비 등, 할 일은 잔뜩 있었다.

리리아나와 흄은 어서 이 소식을 전하려고 모두가 아침 식사를 위해 모여 있는 식당으로 향했다.

"……뭐?"

사우벨만이 아니라 이자벨라와 라필리아, 그리고 메이드들도 눈을 크게 뜨고서 이쪽을 보고 있었다.

리리아나와 흄은 뭔가 예상과는 다른 반응을 보이는 반크라이프트가의 면면에 당황하지 않을 수 없었다.

"아, 저기……."

"……뭔가 불만이라도 있는 건가?"

사우벨의 말에 리리아나와 흄은 눈을 깜빡였다.

"아, 아뇨. 그렇지는……."

"그렇다면 어째서 나가겠다는 말을 하지? 불만이 있다면 말해주게. 개선하지."

"그래요. 마음 편히 여기 있어도 돼요."

사우벨과 이자벨라가 나간다니 농담이 지나치다며 웃었다.

"그, 저기…… 이렇게까지 잘 대해주셔서 정말로 감사드려요. 제 몸 상태도 회복되고 해서 아들과 상담했답니다. 치료원 근처 집으로 옮기자고……."

"나, 나가겠다는 건가……?"

사우벨의 믿을 수 없다는 표정에 리리아나와 흄은 대체 어찌 된 영문이냐며 서로를 바라보았다.

그러나 가장 충격을 받은 자가 달리 있다는 사실은 눈치채지 못했다.

"아, 아주머니, 떠나는 거야……?"

라필리아는 망연자실한 모습이었다.

리리아나는 쓴웃음을 지은 뒤 아니라고 말했다.

"아들은 이대로 치료원에서 일할 거란다. 집을 옮기고, 나도 거기서 치료원에 다니며 일을 거들 생각이야."

"하지만, 저택에서 나가버리는 거잖아……?"

"……라필리아?"

라필리아의 반응이 이상하다는 것을 사우벨들도 눈치챘는지 모두 고개를 갸웃거렸다.

무언가를 골똘히 생각하더니 라필리아의 눈에서 갑작스레 눈물이 떨어졌다.

죄송하다는 한마디와 함께 라필리아는 포크와 나이프를 내려놓았다.

그리고 그대로 달려 나가는 라필리아를 보고 리리아나는 반사적으로 자리에서 일어났다.

"어머니?"

"실례하겠습니다. 이야기를 좀 하고 올게요."

양해를 구하고 리리아나는 라필리아를 뒤쫓았다.

종종걸음으로 라필리아의 뒤를 쫓았다. 몸 상태가 회복된 덕분에 몸이 가벼웠다.

생각보다 빠르게 라필리아를 따라잡은 리리아나는 기다려달라고 라필리아를 불러 세웠다.

"여기서는 좀 그러니까, 저쪽으로 갈까?"

울고 있는 라필리아의 어깨를 감싸고 리리아나는 정원을 감상할 수 있는 벤치로 라필리아를 데려갔다.

벤치에 앉으라고 권한 뒤 라필리아의 어깨를 감싸 안은 채 옆에 나란히 앉았다.

훌쩍훌쩍 울고 있는 라필리아의 어깨를 안고서 리리아나는 다정하게 물었다.

"……어째서 우리가 여길 나가는 게 슬픈 건지, 가르쳐줄래?"

"…………."

라필리아는 어떻게든 눈물을 참으려고 몇 번이나 눈가를 훔쳤다. 훌쩍거리는 소리가 잦아들었을 때 라필리아가 말했다.

"……우리 엄마도 떠나버렸어."

"……."

"엄마, 아빠한테 나쁜 짓을 했거든. 그래서 다들 화가 나서……."

"어머나, 그랬구나……."

그러고 보니 이곳에 왔을 당시에는 안주인이 있었다는 사실을 떠올렸다.

깨달았을 때는 이미 모습이 보이지 않았고, 이상하게 여겼지만 아무도 입에 올리지 않았기에 왠지 이야기를 꺼내서는 안 될 것만 같아 묻지 않았다.

떠났다는 소식을 가르쳐준 것은 흄이었다.

"엄마, 마을로 돌아갔다고 했는데, 만나러 갔더니 없었어……."

리리아나와 흄이 저택을 나간다는 말을 듣고 어머니의 일을 떠올리고 만 것이리라.

라필리아는 열두 살 정도라고 들었다. 아직 어머니가 그리울 터인데 라필리아의 모친은 행방을 알 수 없는 상태라는 말을 듣고 놀랐다.

"나는 말이지, 원래대로라면 치료원 근처 집에서 요양할 예정이었단다."

"어?"

"모두가 친절해서, 그만 오래 머무르게 됐어…… 죄송스러워서, 아들과 그만 나가는 게 좋겠다고 이야기를 했단다."

"그, 그렇지 않아! 아주머니가 온 후로 저택 사람들 모두가 기뻐 보였는걸!"

"……그런가?"

"그래! ……그리고, 아주머니는 자주 흄을 안아주잖아?"

"응?"

"잘 다녀오라고, 어서 오라고 인사할 때."

"아아, 그래. 하지."

"나는, 해본 적이 없었어."

"……부모님이랑?"

"응. 부러워하면서 보고 있었더니, 아빠가 알아채고…… 해주게 되었어."

"어머나."

"……쑥스럽지만…… 기뻤어. 엘렌도 있지, 사람들이 자주 안아주거든. 아, 엘렌은 알지? 그 애, 조그맣고 귀여워. 하지만 엘렌은 싫은가 봐. 큰아버지한테 자식한테서 좀 벗어나! 하고 소리치곤 해."

그렇게 말하며 웃는 라필리아를 보며 리리아나도 웃었다.

"그러고 보니, 라필리아 님은 엘렌 님을 두고 호위인 남자아이와 언제나 말다툼을 하던데?"

"그건 말이지, 사촌인걸. 나를 우선해줘도 괜찮잖아? 엘렌이 라필리아 하고 불러주면, 가슴이 아주 두근두근해. 어째설까?"

"후후후. 아주 많이 좋아해 준다는 게 느껴져서 아닐까? 엘렌 님은 온몸으로 좋아해! 라고 말하는 느낌이니까."

"아, 그거 알아! 그렇구나. 엘렌은 나를 좋아하는구나. 어쩔 수 없다니까~."

조금 전까지 울고 있었던 것이 거짓말인 듯 밝게 이야기했지만 금세 그 얼굴이 흐려지고 말았다. 라필리아의 마음은 불안정했다.

"……엘렌을 보고 있으면, 부러워서, 슬퍼져."

리리아나는 조용히 라필리아의 이야기를 들었다.

"나도, 아빠랑 엄마랑 그렇게 지내고 싶었는데…… 그렇게 되고 싶었는데 하고…… 모두에게 사랑받아서 좋겠다, 치사해, 하고……."

"라필리아 님……."

"마을에서 살았을 때, 엄마 집은 가게를 하고 있어서 언제나 바빴어. 어릴 때는 방해가 되니까 가게에는 들어오지 말라는 말을 들었어."

"저런……."

"일을 거들면 기뻐해 줄까 싶어서 노력했는데…… 나는 작고 힘도 없어서, 역시 방해밖에 안 됐어."

"그랬구나…… 외로웠겠네."

"……응."

라필리아는 어리광을 부리듯이 리리아나에게 몸을 기댔고 리리아나는 다정하게 라필리아를 안아주었다.

머리를 쓰다듬어주자 그 다정함에 라필리아는 다시 울기 시작했다.

"가지 마…… 이제 싫어…… 이제 없어지는 건 싫어……."

나가지 말아달라고 애원하는 그 목소리가 리리아나의 가슴을 울렸다.

"그럼, 당주님에게 부탁을 드려야겠는걸."

"……어?"

"여기 있어도 괜찮은가요? 하고."

"정말? ……여기 있어주는 거야?"

"응. ……사실 나는, 딸이 갖고 싶었단다."

"……딸?"

"나는 아들 하나뿐이잖아? 딸이 있으면 이렇게 비밀 이야기 같은 것도 하고, 가끔은 같이 요리를 하기도 하고…… 바느질 같은 걸 딸한테 가르쳐주고 싶었어."

"……."

"레이스를 말이지, 조금씩 떠서 딸의 결혼식 의상에 쓰는 거야. 그게 내 꿈이었어. 그런데 아이를 낳았더니 아들이잖아. 아들한테 레이스를 떠줄 수는 없지."

키득키득 웃으며 리리아나가 제안했다.

라필리아의 신부 의상에 쓸 레이스를 떠도 괜찮을까? 라고.

"……읏! 으아아아아아앙!!"

리리아나는 목에 매달려 큰 소리로 울음을 터뜨리는 라필리아의 등을 쓸어주다 눈치챘다. 사우벨 일행이 수풀 너머에서 걱정스레 이쪽을 보고 있었다. 아무래도 처음부터 끝까지 다 들은 모양이었다.

라필리아는 눈치채지 못했지만 사우벨의 입가가 「나중에」 하고 움직였다.

싱긋 웃으며 고개를 끄덕이는 리리아나를 보고 사우벨의 얼굴에 안도한 기색이 어렸다.

옆에 있던 흄은 이런이런 하고 어깨를 으쓱였다.

*

라필리아를 진정시키고 방으로 돌려보낸 리리아나는 아들과 함께 사우벨에게 향했다.

그 도중에 아들에게 제안했다. 여기에 있으면 안 되겠느냐고.

"어머니가 아가씨를 쫓아나간 다음에, 어머니를 설득해달라고 당주님께 부탁을 받았어."

"……뭐?"

"어머니의 존재가, 큰 도움이 되고 있대."

"……무슨 뜻일까?"

"글쎄? 직접 물어보면 되지 않을까?"

거기까지 말했을 때 사우벨의 서재 문 앞에 도착했다.

흄이 노크하며 이름을 대자 들어오라는 대답이 들려왔다.

둘이서 방 안으로 들어가 보니 그곳에는 사우벨과 이자벨라가 기다리고 있었다.

"미안하군. 라필리아가……."

"아뇨. 제가 나가겠다는 말을 한 탓에, 어머니의 모습을 떠올리고 만 모양이에요. 죄송스러운 짓을 하고 말았습니다."

"어머나……."

이자벨라가 그랬던 거구나 하고 슬픈 표정을 지었다.

"당주님, 부탁드리고 싶은 게 있습니다."

"……뭐지? 나간다는 말만 아니라면 듣겠네만."

선수를 빼앗기고 만 리리아나는 무심코 키득키득 웃고 말았다.

"죄, 죄송합니다."

"아, 아니……."

"아가씨와 약속했답니다. 아들과 함께 여기 있게 해주실 수 없을지……."

"정말인가?!"

저도 모르게 몸을 내밀고 기뻐하면서 리리아나의 손을 잡는 사우벨의 모습에 리리아나는 눈을 깜빡였다.

"아, 미, 미안하네……."

"아, 아뇨……."

"무, 물론 원하는 만큼 있어도 되네. 두 사람이 저택에 와준 후로 저택의 분위기가 부드러워져서 큰 도움이 되고 있어."

"분위기가, 요?"

"뭐라고 할까…… 지금까지 이런저런 일이 너무 많아서, 저택의 분위기가 상당히 무거웠는데……."

전처가 벌인 일들을 떠올린 것이리라. 그 얼굴에 고뇌의 기색이 번졌다.

"두 사람을 보면서 가족이란 무엇인지를 배운 기분이 들어. ……라필리아는 원래 시정 출신인데, 귀족으로서의 태도밖에 모르는 나는 라필리아를 어찌 대해야 할지 모르겠더군."

"……."

"자네 모자를 부러운 듯 바라보는 라필리아를 보고서 흉내를 내봤지. 그랬더니, 라필리아가 기뻐해 줬다네."

그건 라필리아가 조금 전에 말했던 포옹일까.

사우벨은 딸을 어떻게 대하면 좋을지 몰랐다고 스스로도 반성하고 있었다.

리리아나 모자를 곁에서 지켜보며 사우벨이 조심스럽게 라필리아에게 다가간 것을 계기로 조금씩 관계가 달라지고 있었다.

그 모습을 이자벨라도, 아랫사람들도 줄곧 지켜보아 왔다.

"……나에게, 가족을 가르쳐주지 않겠나?"

사우벨이 진지하게 그리 말하자 리리아나는 눈을 크게 뜨고 놀랐다.

그것은 다른 의미로도 들렸고 리리아나는 어떻게 대답해야 할지 몰라 당황했다.

옆에 있던 이자벨라는 소리 내 말하지는 않았지만 「잘 말했어~~!」

라는 듯이 기쁜 얼굴로 주먹을 휘두르고 있었다.

휴은 한숨을 내쉬면서 「그건 어머니와 재혼하고 싶다는 뜻입니까?」라고 사우벨에게 직구를 던졌다.

"…………뭐?"

사우벨은 생각지도 못했던 것이리라.

처음에는 어리둥절해했지만 자신의 말을 다시 떠올려보고는 화악 단숨에 새빨개졌다.

"앗…… 그, 저, 그게……."

동요하는 사우벨은 얼굴만이 아니라 드러난 피부 전체가 새빨갛게 물들었다.

그 모습을 본 이자벨라가 「어머나 세상에」 하고 기쁜 탄성을 질렀다.

"저기…… 당주님은, 시정의 가족 모습을 알고 싶다는 뜻으로 하신 말씀이시죠?"

"아…… 아니, 그……."

"괜찮답니다. 그런 주제넘은 생각은 하지 않는걸요. 신경 쓰지 마세요."

방긋 웃는 리리아나를 직시하고 사우벨의 얼굴은 절망으로 물들었다.

"주, 주제 넘는다는 생각 같은 건 하지 말게!"

"……네?"

"아, 아니, 그…………."

새빨개져서 땀을 줄줄 흘리며 어떻게든 말을 하려 필사적인 사우벨에게 더는 참을 수 없었던 이자벨라가 소리쳤다.

"답답하네! 내 아들이라면 분명하게 말해!!"

"어, 어머님?!"

"이제 더는 사우벨에게 리리아나 씨를 맡길 수 없어! 나한테 맡겨!"

"잠깐, 어머님?!"

"리리아나 씨, 미안해요. 우리 저쪽에 가서 찬찬히 이야기하는 게 어때요?"

오호호호 하고 웃으며 이자벨라는 놓치지 않겠다는 듯이 리리아나의 양손을 꽉 잡았다.

"아, 저기……?"

"이런 한심한 아들은 내버려 두고 저쪽으로 가죠! 오호호호!!"

이자벨라는 리리아나를 데리고 방을 나갔다.

폭주하기 시작한 이자벨라의 모습에 창백해진 사우벨의 어깨를 흄이 툭 두드렸다.

"휴, 흄……?"

"어머니는 눈치가 빠른 듯하면서도 매우 둔하니, 열심히 해보십시오. 뭐, 당주님도 만만치 않게 둔한 모양이십니다만."

"뭐……?"

"당주님이 보시기에, 저희 어머니는 어떠십니까?"

"후, 훌륭한 여성이지!"

"그럼 괜찮지 않은가요?"

"어? 어?"

새빨개진 채로 혼란스러워하는 사우벨을 보고 흄은 웃었다.

"당주님이라면 어머니를 맡길 수 있습니다. 아, 하지만 강요는 하지 말아주십시오."

"다, 당연하네! 아, 아니, 그보다…… 응? 어라? 내가 무슨 말을 했지……?"

"그것참. 뭐, 저도 지켜보겠습니다."

사우벨의 어깨를 툭 두드리고 아하하 하고 웃으면서 흄도 방을 나갔다.

혼자 남겨진 사우벨은 조용히 중얼거렸다.

"내, 내가 재혼……?"

스스로 중얼거리며 상상한 것인지, 또다시 새빨개져서 신음하는 사우벨.

오후가 되어서도 사우벨은 새빨개진 채 몸부림치며 생각에 잠겼다.

그러던 중에 로벨이 나타났다. 사우벨은 좋은 상담 상대가 찾아왔다며 매달렸지만 기분 나쁘니 떨어지라는 매정한 말을 들어야 했다.

*

그런 일이 있은 지 얼마 후, 사우벨은 라필리아의 모습이 평소와 또 다르다는 것을 깨달았다.

뭔가 고민하는 듯한 얼굴을 하고 있었다.

"……무슨 일 있니?"

혹시 리리아나에 관한 일일까 싶어 괜히 조금 켕기는 마음을 숨기며 묻자, 라필리아는 마음을 정한 것처럼 사우벨에게 말했다.

"아빠, 부탁이 있어!"

"뭐, 뭔데……?"

리리아나와 재혼해달라든가 그런 것일까? 아니, 자신도 상대도 지금은 그럴 마음을 확인하지 못했는데…… 그런 생각이 사우벨 안에서 빙글빙글 맴돌았다.

그런 사우벨의 상태를 눈치채지 못한 채 라필리아는 소리쳤다.

"나, 기사가 되고 싶어!"

사우벨은 자신의 귀를 의심했다.

"어…… 뭐, 라고……?"

"나 기사가 될래! 강해져서, 그 녀석에게 갚아줄 거야!!"

"가, 갚아준다고……?"

"마음 정했어! 기사가 될 거야!"

사우벨은 지나치게 동요한 나머지 목소리가 잘 나오지 않게 되어 버렸다.

지금까지 본 적도 없을 만큼, 정말이지 좋은 미소를 짓는 라필리아에게 안 된다고 말하지도 못하고 사우벨은 말을 삼켜버렸다.

—후일.

"……형님 마침 좋은 때에."

"네 고민은 안 듣겠다."

상담할 말을 꺼내기도 전에 또다시 로벨에게 거절당하고 말았다.

제29화 재난이 지나가고

아크를 학원에서 발견하고 구출한 것과 엘렌이 여신으로 각성한 것이 더해져 정령계에서는 연일 본인들을 제쳐두고 먹고 마시고 노래하는 큰 소동이 벌어졌다.

그러나 학원 내에서 쓰러진 엘렌과 아크는 한동안 요양이 필요해서 밖으로 나갈 수 없었다.

엘렌은 여러 가지 일들을 겪고 긴장이 풀어졌는지 그 직후에도 열이 났고, 아크도 별실에서 그대로 요양을 하고 있었다.

3백 년 가까이 행방불명이었던 마소의 순환을 관장하는 아크를 그대로 계속 찾지 못했다면 새로운 정령이 탄생하기를 바라야 할 단계에까지 다다랐었다고 한다.

2백 년 규모로 일어나는 몬스터 템페스트는 인간만이 아니라 인간과 계약한 정령들에게까지 영향을 주었다.

그 영향을 고려한 대책이 정령계에서 실행되었다고 하는데, 결국에는 이번에도 인간들의 짓이었다면서 정령들은 분노했다.

그러나 지금은 그것들을 잊고 아크의 무사함을 그저 기뻐하며 떠들썩하게 즐겼다.

*

아크를 구출하고 마음이 풀어진 것인지 자리에 누워버린 엘렌은 로벨의 보살핌을 받으며 침대 위에서 한가한 시간을 보냈다.

몸 상태가 좋을 때는 반크라이프트 저택에 데려가 주는데, 라필리아들과 논 후에 지나치게 신이 나 흥분한 탓에 다시 열이 나고 말았다. 아직 평소의 컨디션이 아닌 건가?

그때마다 로벨이 법석을 부렸고 때때로 다른 정령들이 상태는 좀 어떠냐며 얼굴을 비춰주었다. 하지만 마음대로 움직여주지 않는 몸에 조금 스트레스가 쌓이기 시작했다.

그러던 어느 날, 빛의 정령인 리히트가 찾아왔다.

"엘렌, 상태는 좀 어때?"

걱정하며 엘렌의 머리를 쓰다듬는 리히트에게 「리히트 오라버니, 이제 괜찮아」 하고 웃어 보였다.

하지만 다시 열이 나고 말았던 탓에 엘렌의 「괜찮아」는 설득력이 없었다.

엘렌이 침대에서 내려오려 했지만 리히트가 그대로 있으라고 부탁했다.

엘렌은 상반신만을 일으켰고 리히트는 침대 바로 옆에 놓여 있던 의자에 앉아서 엘렌의 얼굴을 살폈다.

"엘렌이 형을 구해줬다고 듣고 놀랐어. 엘렌은 아직 이렇게나 작은데…… 고마워, 형을 구해줘서."

감사 인사를 받은 것이 기뻐서 「천만에요」라며 엘렌이 방긋 웃었다.

그때까지는 로벨도 옆에 있었는데 다른 정령에게 호출을 받아 잠시 자리를 비운다며 엘렌의 머리에 입을 맞추고 방을 나갔다. 보기 드문 부재였다.

둘이서 대화를 나누고 있으니 갑자기 리히트가 새삼 이쪽을 향해 자세를 고쳐 앉았다.

"……리히트 오라버니?"

"아…… 엘렌, 저기 있지…… 형에 관한 건데……."

쉽게 말을 꺼내지 못하는 리히트를 보고 엘렌은 어리둥절해하며 고개를 갸웃거렸다. 리히트는 목소리를 가다듬은 뒤 말을 이었다.

"……형이 엘렌에게 청혼했다는 게 사실이야?"

"윽……!! 쿨럭쿨럭."

놀란 나머지 기침이 터져 나왔고 리히트는 허둥지둥 엘렌의 등을 쓸어주었다.

"받았지만 안 해요!! 아크 오라버니는 오라버니예요! 계통은 달라도 남매예요!"

"어?"

"남매는 결혼 같은 거 못 해요!"

엘렌이 딱 잘라 말하자 리히트는 깜짝 놀란 후에 탐탁지 않은 투로 「그, 그런가…… 못 하는 건가……」 하고 말끝을 흐렸다.

오리진에게서 가장 먼저 태어난 정령인 아크와 그 후 몇 번째쯤인 리히트는 정령 중에서도 상당히 상위인 자들이다.

정령들끼리 결혼해 아이를 낳거나 하는 자들과 달리 아크와 리히트는 오리진의 직계나 다름없었다.

그런 인물에게 청혼을 받는다니 엘렌은 생각도 할 수 없는 일이라며 단호하게 거절했다.

"리히트 오라버니?"

리히트의 반응에 엘렌이 어찌 된 일인이 의아해하며 물었지만 리히트는 시선을 피하고 무언가 생각에 잠겨 있었다.

그때 등 뒤에 있는 문이 천천히 열리는 것을 엘렌은 목격했다.

누가 온 걸까? 하며 그쪽으로 시선을 돌리자 열린 문틈에서 불쑥 고개를 내민 아크가 그곳에 있었다. 엘렌은 놀란 나머지 눈을 크게 떴다. 하지만 리히트는 눈치채지 못했다.

"저…… 저기, 엘렌. 형 말인데……."

"네?"

리히트는 등 뒤의 상황을 전혀 알아채지 못했다.

아크는 엘렌이 자신의 존재를 눈치채자 활짝 웃고 팔랑팔랑 손을 흔들었다. 가르쳐주려고 했지만 리히트는 깨닫지 못한 채 그대로 말을 이었다.

"형 말인데, 아무래도 방에서 빠져나와 여기저기를 배회하고 있는 모양이야. 여기에 있지 않을까 했는데, 괜한 걱정이었나 봐. 엘렌, 형이 뭔가 하려고 하면…… 사양 말고 뭉개버려도 괜찮아."

뭔가를 하려고 한다는 건 무슨 뜻일까?

무언가를 떨쳐낸 듯 개운한 얼굴을 하고서 그렇게 제안하는 리히트에게 「저기……」 하고 엘렌은 말하기 곤란한 듯 입을 열었다.

"왜 그래?"

고개를 갸웃거리는 리히트에게 엘렌이 「뒤에……」 하고 아크의 존재를 가르쳐주자 리히트는 뒤를 돌아보고 소리쳤다.

"형?!"

"엘, 렌. 찾았다!"

둥실, 엘렌의 침대 옆까지 날아와 내려선 아크의 모습에 엘렌과 리히트는 놀라 멍해졌다.

그리고 엘렌을 끌어안으려 하는 순간 리히트가 허둥지둥 엘렌을 감싸며 아크를 밀어냈다.

"형! 엘렌에게 접근하지 마세요!! 로벨 형님께 죽습니다!"

"우우."

아크는 불만스레 미간에 주름을 잡았다. 엘렌은 요양을 하고 있을 터인 아크가 자유롭게 돌아다니고 있다는 것에 놀란 나머지 무심코 옛날 습관대로 「오빠, 아크 오라버니 이제 괜찮은 거야?」 하고 리히트에게 물었다.

"오, 빠?"

"어? 엘렌, 어쩐 일이야. 그렇게 불러주는 거 오랜만이네."

아크와 리히트가 동시에 말을 꺼냈다.

그제야 엘렌은 놀라며 무심코 옛날 습관대로 「오빠」라고 리히트를 불렀다는 사실을 깨달았다.

엘렌은 예전에 리히트를 「오빠」라고 불렀었다.

그러고 보니 어째서 이제 와 그 호칭이 나온 걸까. 화끈하고 엘렌의 얼굴이 붉어졌다.

"안 불러요!"

"그러고 보니 어머니한테 어째서? 라는 말을 듣고 통일했던가? 나는 오빠라고 불리는 게 좋았는데."

"그랬나요?"

어릴 때의 추억이다. 엘렌은 시치미를 뗐지만 리히트는 그립다며 기뻐했다.

그런 대화를 나누다보니 진짜 남매 같아서 엘렌은 쑥스러워졌다.

사실 엘렌은 옛날부터 특별히 오빠를 갖고 싶었던 건 아니었다. 그러나 정령은 그런 면이 애매해서 그만 오빠라고 불렀던 것이다.

엘렌이 그런 일을 떠올리는 사이, 아크는 어째서인지 「오, 빠. 오, 빠」 하고 엘렌을 재촉하기 시작했다.

자신을 가리키며 「오, 빠」라고 반복한다.

"……아크, 오빠?"

엘렌이 어리둥절해하며 대꾸하자 아크는 기뻐하며 활짝 웃었다.

"오, 빠, 야."

그렇게 말한 뒤 엘렌을 끌어안으려 해서 곧바로 리히트가 떼어냈다.

"엘렌, 형은 오라버니면 돼. 나만 오빠라고 불러줘."

"네? 오라버니랑 오빠로 구분하라고요……? 그보다 안 부를 거예요. 두 사람 다 오라버니, 예요."

"오빠."

"오, 쁘."

지쳤는지 아크의 말이 도중에 멈췄다. 그리고 힘없이 슬픈 표정을 지었다.

뭐 상관없나 하고 중얼거리는 리히트와 아크를 보면서 이건 대체 뭐냐며 어이없음을 담은 눈을 하고 말았다.

바로 얼마 전, 오리진도 「언니~라고 불러줘!」라며 엘렌에게 졸랐던 일을 떠올렸다.

'역시 부모 자식 사이네…….'

호칭 하나로 이렇게까지 반응할 일이냐면서 엘렌은 지친 한숨을 내쉬었다.

"그건 제쳐두고! 형, 또 방을 몰래 빠져나오고 말이야. 레벤과 클리렌이 찾고 있어."

"우웃, 치사해, 리히트, 만, 엘렌, 만나."

자신도 엘렌과 만나고 싶다며 토라지는 아크에게 리히트가 「몸 상태가 정상이 아니잖아요」라면서 화냈다.

시끌시끌 엘렌을 사이에 두고 맞물리지 않는 말다툼을 하는 두 사람의 소란스러움에 무심코 양손으로 귀를 막고 있는데, 갑자기 문 쪽에서 얼어붙을 듯한 파동이 퍼져 나왔다.

머뭇머뭇 셋이서 문 쪽으로 시선을 돌리자 그곳에는 귀신처럼 무서운 형상한 로벨이 있었다.

"이~자~식~들~ 엘렌한테 붙어서 뭘 하고 있는 거냐!"

리히트와 아크는 서로 시선을 주고받더니 순식간에 전이로 사라졌다.

그 모습을 가까이에서 본 엘렌은 놀라 눈을 깜빡였다. 그리고 갑자기 고요해진 실내에서 저도 모르게 웃음을 터뜨렸다.

"엘렌, 괜찮은 거니?!"

로벨이 허둥지둥 엘렌의 모습을 살폈지만 엘렌의 웃음은 멈출 줄을 몰랐다.

"에, 엘렌, 왜 그러니?"

"아크 오라버니랑 리히트 오라버니는, 정말로 형제구나 싶어서요."

호흡이 딱 맞는다고 할 만큼 똑같은 행동을 취한다며 엘렌은 키득키득 웃었다. 로벨은 잠시만 눈을 떼면 이런 일이 벌어진다면서 한숨을 내쉬었다.

나중에 리히트에게 가끔은 오빠라고 불러주면 기쁠 것 같다는 말을 들었다.

"하지만 엘렌은 엄마를 어머니라고 부르잖아? 그러니까 오라버니 쪽이 가족 같은 느낌이라 기쁘긴 해. 그래도 오빠라고 불러주면 특별한 느낌이 들어. 그러니까 형은 오빠라고 부르면 안 돼. 알았지?"

독점욕을 드러내는 리히트에게 엘렌은 알았다며 고개를 끄덕여 보였고 리히트는 무척이나 기뻐했다.

변함없이 「오라버니」라고 부르자 아크는 아주 조금 아쉬워하는 얼굴을 했지만, 그건 못 본 셈 치기로 했다.

하지만 그 후 아크는 엘렌의 방 위치를 기억했는지, 다른 방문객 틈에 섞여 때때로 모습을 드러냈다가 로벨에게 들켜 쫓겨나기를 반복했다.

*

그렇게 시간이 흘렀고 엘렌은 몸 상태를 봐가며 다시 반크라이프트령의 일을 돕기 시작했다.

오랜만에 로벨과 함께 저택으로 향했다가 라필리아가 기사 훈련을 받고 있다는 사실을 알고 크게 놀랐다.

역시 피는 못 속인다고 해야 할까? 라필리아가 감추고 있던 가능성이 활짝 꽃을 피우며 주변 사람들을 놀라게 했다.

"라필리아 멋져……!"

반짝반짝하는 눈으로 바라보는 엘렌이 싫지만은 않은지 라필리아도 흐뭇하게 미소 지었다.

"엘렌 님, 라필리아 님을 너무 칭찬하면 금방 우쭐하니 그쯤 하시죠."

"잠깐! 그게 무슨 의미야?!"

카이가 천연덕스럽게 엘렌 곁에서 고자질을 하자 라필리아가 물고 늘어졌다.

"지난번에 교관에게 칭찬을 받았는데 주의가 산만해져서 다쳤습니다.”

“뭐?! 라필리아 괜찮아?”

“너, 뭘 줄줄 불고 있는 거야?! 저기, 엘렌. 난 괜찮아! 찰과상 정도야!”

“인정했네요.”

“윽.”

라필리아는 다친 자신보다도 아픔을 상상하며 울상을 짓는 엘렌을 더욱 걱정했다.

최근에는 그 사실을 주변 사람들도 눈치채서 종종 이렇게 일러바치며 간접적으로 라필리아를 반성하게 만들었다.

“…………정말?”

“으, 응. 정말.”

“정말로 정말?”

“우으…… 그, 그게, 조금 아프기는 했는데…….”

그 대답을 듣고서 또 아파하는 표정을 짓는 엘렌의 모습에 라필리아는 진심으로 곤혹스러운 얼굴을 했다.

그러나 엘렌은 라필리아에게 「그만둬」라고도 「무리하지 마」라고도 말할 수 없는 입장이었다.

엘렌이야말로 주변의 걱정을 뒤로하고 무리를 하다 몇 번이나 쓰러졌기 때문이다.

엘렌을 이용하여 라필리아를 반성하게 만드는 주변의 의도는 의외로 엘렌에게도 효과가 있었다.

"~~으읏."

무언가를 참는 표정을 짓는 엘렌을 라필리아와 모두가 걱정했다.

하지만 이 갈피를 못 잡는 마음을 어찌하면 좋을지 알 수 없어서 엘렌은 무심코 저지르고 말았다.

"아픈 거 다 날아가라!"

세포가 활성화하여 상처가 빠르게 낫기를. 조금 구체적으로 세포 수준에서 상처가 낫는 것을 떠올리고 말았지만, 마음을 전부 담아서 그렇게 말하자 부드러운 빛이 퍼지며 라필리아를 감쌌다.

"앗?!"

"어라?"

라필리아와 엘렌이 놀란 목소리를 냈다. 반은 눈을 크게 뜬 채 굳어 있었다.

어째서 엘렌이 놀라는 거야! 하고 라필리아가 무심코 태클을 걸었다.

"엘렌 님, 뭘 하신 겁니까?"

"모르겠어."

"어이! 하지만 뭐랄까, 포근하고 따뜻했어!"

라필리아가 큰 소리로 웃음을 터뜨렸다. 그러나 진지한 얼굴을 한 반이 입을 열었다.

"계집애, 상처를 확인해봐라."

"어?"

"다쳤다고 하지 않았나? 상처를 확인해라."

"어, 왜……."

거기까지 말하고서 라필리아도 무언가를 눈치챈 모양이었다.

"어라……? 아프지 않은데?"

소매의 레이스를 살짝 걷자 그곳에는 붕대가 칭칭 감긴 팔이 있었다.

그것을 본 엘렌이 눈을 크게 떴다. 라필리아의 찰과상을 고자질했던 카이를 보니 카이도 기가 막힌다는 얼굴을 하고 있었다.

라필리아가 스르륵 붕대를 풀자 그곳에는 아무런 상처도 없이 깨끗한 팔이 있었다.

"에엑?!"

몹시 놀란 라필리아는 엘렌을 퍼뜩 본 뒤 엘렌 대단해! 하고 기뻐하며 엘렌에게 안겨들었다.

"고쳐줬구나. 엘렌 고마워!"

"뀨우."

꽈아악, 꼭 끌어안는 라필리아의 그 모습은 엘렌에게 로벨과 이자벨라를 떠올리게 했다.

"푸하아! ……이제 안 아파?"

"응. 안 아파!"

"정말?"

"정말로 정말!"

라필리아가 기뻐하며 그리 말하자 엘렌도 미소를 지었다.

마침 그때 메이드가 라필리아를 부르러 왔다.

점심 전에 하는 훈련 시간이었다. 그 말을 들은 엘렌이 또다시 걱정스러운 표정을 짓는 것을 보고 라필리아가 말했다.

"다음엔 다치지 않도록 조심할게! 그러니까 엘렌도 조심해야 해."

"응?"

"힘을 지나치게 쓰면 안 되잖아? 또 열이 나면 어쩌려고 그래?"

"……라필리아."

"알았지?"

"……응. 약속할게."

"약속!"

또 함께 놀자고 약속하고 라필리아를 배웅한 후 반과 카이가 조용히 말했다.

"말씀하셨군요."

"엘렌 님, 말해버리셨군요."

"……정말!"

조금 뚱한 얼굴로 엘렌이 반과 카이를 보았다.

"아, 하지만 조금 전의 주문은 귀여웠습니다."

카이가 웃으며 그렇게 달래자 엘렌의 얼굴이 새빨개졌다.

라필리아도 성장했다. 그리 생각할 만한 사건이었다.

*

사우벨과 이야기를 나눌 시간이 되자 로벨이 엘렌을 데리러 왔다.

그대로 다 함께 사우벨의 집무실로 전이하니 사우벨과 로렌이 엘렌을 기다리고 있었다.

"아아, 왔구나."

"기다리시게 했네요."

"자, 앉으렴……."

사우벨의 목소리에 패기가 없었다. 어라? 하고 엘렌이 고개를 갸웃거리며 옆에 있던 로벨을 올려다보자 로벨도 「글쎄다?」 하며 어깨를 으쓱였다.

"아, 미안하구나. 너희도 앉거라."

사우벨이 카이와 반에게도 앉으라고 권했다. 모두가 고개를 갸우뚱했다.

"무슨 일이 생긴 거냐?"

로벨이 그리 묻자 사우벨이 지친 기색으로 한숨을 내쉬었다.

로렌이 끓여준 차를 한 모금 마시고 사우벨이 말을 꺼냈다.

"그…… 우리 영지는 지난 몇 년간 크게 변했습니다."

"그게 어쨌다는 거지?"

로벨의 미간이 좁아지고 주름이 잡혔다. 엘렌도 무언가 안 좋은 예감이 들어 미간을 좁혔던 모양이다.

부모 자식이 똑같은 표정을 짓고 있다는 것을 알아챈 사우벨은 위가 아픈지, 땀을 흘리면서 가슴을 쓸었다.

"가디엘 전하가 학원을 졸업하셨습니다."

학원의 신학기는 가을이었다. 라필리아가 학원을 나온 때는 여름 전. 그 후로 반년도 더 지났다. 지금은 겨울로 접어들고 있었다.

"설마……."

안 좋은 예감의 의미를 깨달은 듯 로벨의 얼굴이 심하게 일그러졌다. 싫은 내색을 그대로 가득 드러낸 표정을 짓고 있는 로벨을 보며 엘렌이 곤란해하고 있는데 사우벨이 한숨을 섞어가면서 설명해주었다.

"엘렌. 현재에 이르러 이 영지는 치료원 경영이 주를 이루고 있지만, 원래 이곳은 군사용 영지란다."

"네. 알고 있습니……다?"

그것과 가디엘의 졸업에 무슨 관계가 있는 것인지 엘렌의 머릿속이 빙글빙글 회전했다.

나라의 중요한 군사시설이 있는 영지. 텐바르 왕도에서 가장 가까운 영지. 학원을 졸업한 가디엘은 왕태자.

"왕태자……!"

"그래, 엘렌도 눈치챘니?"

"그, 설마 영지 시찰인가요?"

"그 말대로다……."

위가 아프다며 사우벨이 불만스레 말했다.

"힘내라."

그렇게만 대꾸하고 로벨은 홍차를 마셨다.

"아아~ 형니임!"

사우벨은 얼굴을 찡그린 채 도와달라고 했다.

"우리는 왕가 사람에게 접근할 수 없다고 말했을 텐데?"

"하지만 현재 영지 경영의 대부분은 엘렌의 공적입니다. 폐하는 우리의 힘으로 여기까지 발전시켰을 거라고 생각하지 않으십니다. 그 수완을 듣고 오라며 전하에게 말씀하셨다는 모양인데……."

"내버려 둬. 알 바냐. 접근하지 마."

"그걸 직접 폐하께 이야기해주실 수 없겠습니까……?"

"칫. 할 수 없지."

로벨이 곧바로 전이해 사라지자 「앗? 지금?」 하고 사우벨이 놀란 목소리를 냈다.

"저기…… 저는."

곤란한 얼굴로 엘렌이 사우벨에게 묻자 사우벨은 쓴웃음을 지었다.

"그렇게 되었으니, 엘렌은 당분간 영지에 오지 않는 편이 좋을 거라고 본단다."

"아, 네……."

"그리고, 카이를 빌렸으면 하는데."

"네? 카이 군을요?"

카이는 놀란 얼굴을 하고 있었다.

"반 님은 대정령이시니까 전하에게는 접근할 수 없잖니? 카이는 일단 이 나라에 소속되어 있는 견습 기사라서 말이지…… 응……."

사우벨의 목소리가 점점 작아져갔다. 로렌이 사우벨의 대각선 뒤에서 「주인 나리, 정신 차리십시오!」 하고 기합을 넣었다.

"카이는…… 그 왜, 학원에서 반 님과 계약했잖니?"

"아…… 설마."

"아무래도, 기대를 받을 수밖에 없지. 이 나라에서 형님을 잇는 힘을 가졌으니까."

"거절합니다."

"으윽!"

빌리고자 하는 이유도 듣지 않고 카이는 딱 잘라 거절했다. 그 단호함에 사우벨은 위가 한층 더 아파 오는 듯한 신음을 냈다.

"제가 계약한 것은 오로지 엘렌 님을 지키기 위함입니다. 이 나라를 위한 것이 아닙니다."

"응. 뭐 그렇지…… 응……."

"수, 숙부님……."

"아아, 그렇게 말할 거라는 건 알고 있었으니까 괜찮단다. 뭐, 협력은 해줬으면 했지만."

사우벨이 쓴웃음을 짓고 있는데 라비스엘에게 갔던 로렌이 돌아왔다.

"쳇!"

성대하게 혀를 차는 로벨을 보며 모두는 놀라 눈을 동그랗게 떴다.

"아버지의 그 반응을 보면 오히려 당하신 건가요?"

"윽."

"흐음. 폐하가 했을 법한 말이라면…… 처음부터 너희가 맞아주리라고는 생각하지 않았다만?"

"으윽."

"뭐냐, 그런 소리를 하면서 네가 맞아주려는 것이냐? 그거 잘됐구나. 아들에게 알려두지."

"어떻게 아는 거야!"

"시찰 결과가 기대되는구나."

"정말로 어떻게 그렇게까지 정확하게 아는 거야?! 엘렌은 그 녀석인 거야?! 그런 거 싫다고!"

로벨은 그렇게 외치고 엘렌의 머리에 볼을 비볐다.

그 모습을 조용히 무시한 뒤 엘렌은 판단을 내렸다.

"숙부님, 아버지의 참가가 결정되었습니다."

"정말이니?!"

"싫어어어어어어어어어어!!"

"아버지, 안 돼요. 제대로 숙부님을 도와주기로 약속했잖아요."

"엘렌, 형님에게 더 말해주렴!"

순식간에 물 만난 물고기처럼 눈을 반짝반짝 빛내면서 응원을 부탁하는 사우벨을 보며 엘렌은 웃었다.

학원에서의 일로 왕족과의 관계에 어떤 변화가 있을 거라고 생각했지만 아무것도 달라지지 않았다.

라비스엘도 달라지지 않기를 바랐기에 이것으로 충분하리라.

마주 앉은 사우벨과 로벨이 엘렌의 옆에서 시끄럽게 말다툼을 벌였고 로렌이 그 모습을 흐뭇한 얼굴로 바라봤다.

시선이 마주치자 로렌이 찡긋 윙크를 해주었고 엘렌은 미소 지었다.

문득 엘렌이 창문 쪽으로 시선을 돌렸을 때 한낮의 푸른 하늘을 가로질러 나는 새가 보였다.

반크라이프트령은 활기 넘치게 변했다. 그것은 엘렌들이 가져온 변화다.

이 집안 사람들과 라필리아도 밝아졌고 리리아나도 안심했는지 조금씩 몸 상태가 회복되고 있다.

가디엘도 학원을 졸업하고 왕태자로서 움직이기 시작했다.

군사시설을 갖추고 치료원의 최첨단을 달리는 곳을 시찰하는 것은 당연하리라.

'나, 가만히 있어도 괜찮은 걸까……?'

이래야만 한다고 자신에게 들려줘 왔지만 결국 주변은 엘렌을 내버려 두지 않는다.

휘말리는 형태였으나 엘렌도 정령으로서, 인간으로서 관여해온 일들로 달라졌다고 생각했다.

그러나 그것을 「이래서」라는 틀에 끼워 맞춘다면 언제까지고 달라지지 못하리라.

아주 살짝 엘렌의 마음이 그렇게 바뀐 순간, 무심코 입을 열었다.

"동석하겠습니다. 아버지."

주변 사람들이 깜짝 놀라 눈을 부릅떴다. 일제히 엘렌을 바라본지라 엘렌은 그만 웃음을 터뜨리고 말았다.

'약속했으니까. 멀리서라도 이야기를 듣겠다고. 하지만, 나는 아직 제대로 가디엘과 이야기를 나누지 못했어.'

라비스엘도 오리진에게 고개를 숙였다. 라비스엘도 옛날과 다르다.

정령인 엘렌은 주변의 변화를 지켜볼 뿐이라고 생각했었다.

그러나 그것은 틀렸다. 자신도 변하지 않으면 좋은 본보기가 될 수 없다.

한 걸음 앞으로 나아가는 것으로 미래는 조금씩 변한다고 믿는다.

그렇기에 엘렌도 한 걸음 앞으로 나아가 변하리라 마음먹었다.

■작가 후기

4권입니다. 뭔가 순식간이었네요…….

언제나 후기에 감사 인사 이외에 무얼 쓸지 고민합니다만, 이번에는 조금 뒷이야기나 설정 같은 걸 써보려고 합니다.

이번 권부터 인터넷에서 연재하는 쪽에서는 등장하지 않는 캐릭터가 추가되었습니다.

그녀의 존재는 사실 2권 특전에 슬쩍 등장시켰던 적이 있습니다. 이번에 서적판 한정으로 정식 채용이 결정된지라 무척 기쁩니다.

그것참~ 그녀는 쓰고 있으면 아주 즐거운 존재네요! 고양잇과 동물이 자식을 절벽에서 떨어뜨린다는 말이 있었지~ 같은 이미지로 강한 캐릭터를 만들었습니다만, 나중에 조사해보니 사자였습니다. 딱히 상관없지만요.

카이의 어머니도 아우스톨과 비슷한 타입의 강인한 어머니인지라, 아마도 반이 카이의 어머니를 만나면 「너도 고생이 많구나……」 하는 정도의 우정이 싹틀지도 모릅니다.(웃음)

이번에 새로 쓴 부분에서 반과 애슈트의 복슬복슬 대결도 쓸 수 있어서 매우 만족했습니다. 저도 복슬복슬 느껴보고 싶어요…….

애슈트를 거대화시킨다면 분명 저랑 엘렌이 낚일 겁니다. 틀림없이 낚입니다.

아우스톨과 반이 동물화하고 있으면 틀림없이 빈트가 낚일 테지요.

참고로 빈트는 초대 대정령의 다음 정도로 태어난 정령인지라, 아크와 마찬가지로 인간의 모습밖에 없습니다. 그런고로 반은 상당히 고위의 정령입니다.

반의 가족도 다 등장했으니 이쪽 이야기도 다음 권쯤에서 쓸 수 있었으면 합니다.

인터넷에서 연재하고 있는 쪽에서는 다 회수하지 못했던 부분도 담당 K님과 상담하여 서적에서 쓸 수 있었습니다. 완전판을 목표로 앞으로도 열심히 하겠습니다!

코미컬라이즈도 부디 잘 부탁드립니다~!!

지난번에 이어서 이 책을 손에 들어주신 분들. 인터넷에서 응원해주시는 여러분.

언제나 신세를 지고 있는 담당 K님, M님, T님, 교정자님, 디자이너님.

바쁜 중에 일러스트를 그려주고 계신 keepout님.

스퀘어 에닉스 담당 W님, 코미컬라이즈 만화 오호리 유타카 님.

발매를 언제나 기대해주는 가족과 친구들.

정말로 늘 감사합니다!

또 다음 권에서 만날 수 있기를 기도합니다. 고맙습니다!

아빠는 영웅, 엄마는 정령, 딸인 나는 전생자. 4

초판 1쇄 발행 2021년 9월 10일

지은이_ Matsuura
일러스트_ keepout
옮긴이_ 이신

발행인_ 신현호
편집부장_ 윤영천
편집진행_ 김기준 · 김승신 · 원현선 · 권세라
편집디자인_ 양우연
관리 · 영업_ 김민원 · 조인희

펴낸곳_ (주)디앤씨미디어
등록_ 2002년 4월 25일 제20-260호
주소_ 서울시 구로구 디지털로 26길 111 JnK디지털타워 503호
전화_ 02-333-2513(대표)
팩시밀리_ 02-333-2514
이메일_ lnovelpiya@naver.com
L노벨 공식 카페_ http://cafe.naver.com/lnovel11

ISBN 979-11-278-6186-5 04830
ISBN 979-11-278-5213-9 (세트)

값 9,500원

© Yomu Mishima 2018
Illustration Tomozo

세븐스 1~7권

미시마 요무 지음 | 토모조 일러스트 | 이경인 옮김

여신을 숭배하고, 검과 마법이 존재하는 세계에서
영주 귀족의 장남으로 태어난 라이엘은 15세에 집에서 쫓겨난다.
이유는— 여동생 세레스에게 패했기 때문에.
과거에는 천재, 기린아라 칭송을 받던 라이엘은
세레스의 영향으로 서서히 냉대를 받으며 연금 생활을 보냈다.
상처 받은 라이엘은 저택 뜰에 살던 노인에게
구조를 받아 보옥이 달린 목걸이를 받는다.
노인이 선대— 라이엘의 조부에게서 맡아놓은,
【아츠】가 기록된 푸른 옥은 월트가의 가보라고 할 수 있는 것이었다.
역대 당주 7인의 아츠가 기록된 보옥을 받은 라이엘은
그것을 갖고 저택을 나서는데—.